O céu dos suicidas

Ricardo Lísias

O céu dos suicidas

4ª reimpressão

Copyright © 2012 by Ricardo Lísias
Todos os direitos reservados.

Grafia atualizada segundo o Acordo Ortográfico da Língua Portuguesa de 1990, que entrou em vigor no Brasil em 2009.

Capa
Retina_78

Imagem de capa
Robert Clare / Getty Images

Revisão
Tamara Sender
Fatima Fadel
Joana Milli

CIP-Brasil. Catalogação-na-fonte
Sindicato Nacional dos Editores de Livros, RJ

L753c
    Lísias, Ricardo
        O céu dos suicidas / Ricardo Lísias. – 1ª ed –
    Rio de Janeiro : Objetiva, 2012.
    192p.

    ISBN 978-85-7962-125-3

    1. Ficção brasileira . I. Título.

12-0386.   CDD: 869.93
                    CDU: 821.134.3(81)-3

[2016]
Todos os direitos desta edição reservados à
EDITORA SCHWARCZ S.A.
Praça Floriano, 19 – Sala 3001
20031-050 — Rio de Janeiro — RJ
Telefone: (21) 3993-7510
www.objetiva.com.br

O céu dos suicidas

Para Tales Ab'Saber,
por me ajudar com a verdade.

Depois de tudo
quem se lembrará de deus?
Isso é bonito, Mateus

Priscila Figueiredo

Sou um especialista em coleções, mas doei os meus selos há mais de dez anos. Tenho apenas um relógio, e dos meus avós herdei uma pequena quantidade de dinheiro e mais nada. Não guardo moedas estrangeiras, não tenho caixas de sapato cheias de cartões-postais e não catalogo canecas, maços de cigarro ou chaveiros. Tenho um aviãozinho da Pan Am, mas uma coleção exigiria, no mínimo, uma pequena frota.

A decisão de deixar as coleções de lado para ser um especialista não foi consciente. Quando entrei na faculdade, já tinha me desfeito das tampinhas de garrafa e da maior parte dos selos que juntara por alguns anos. Passei o curso de graduação inteiro sem pensar em coleções. De vez em quando, um professor dizia que os historiadores adoram o pó dos documentos e que ele mesmo já tinha passado muitas horas da vida debruçado sobre coleções de todo tipo. Nos cursos de história da arte, alguns colecionadores sempre eram citados.

Mas, além disso, as coleções naquela época não me interessavam.

Nem sempre foi assim: durante a infância e a adolescência, cheguei a ter quase duas mil tampinhas de garrafa. Quanto aos selos, obrigatórios para quase todo mundo que sofre com a obsessão pelo colecionismo, cheguei a organizar belos conjuntos. Também reuni tudo o que encontrei sobre o time de futebol que me encantava aos doze anos. Mas, nesse caso, havia apenas paixão, o que jamais pode ser o elemento central da atividade de um colecionador sério.

Hoje, sequer assisto aos jogos do Brasil na Copa do Mundo.

Quando era adolescente, adorava mexer nas minhas tampinhas de garrafa. Todas estavam separadas segundo o país de origem e, depois, em grupos menores, a partir da bebida de onde tinham saído. Basicamente, distinguia entre os refrigerantes, mais numerosos, as bebidas alcoólicas e água.

Meu orgulho era uma série de tampinhas com caracteres árabes que tinha arranjado com um parente distante. Tentei entender o que estava escrito em algumas, mas, como não consegui, fui obrigado a abrir uma exceção no catálogo e não pude sequer separá-las por país. No caso de três tampinhas japonesas, também, até hoje não sei dizer se eram de água ou de refrigerante. Nunca achei que fossem de cerveja: ganhei o conjunto de um abstêmio.

Chamavam atenção, ainda, vinte e três tampinhas da Índia. Elas tinham sido presente de uma tia que, apesar de mal ter saído dos vinte anos, não suportara uma desilusão amorosa e, depois de passar algumas semanas chorando e gritando palavras sem sentido, resolvera procurar a própria história em uma pequena cidade a três horas de Nova Déli.

Eu devia ter por volta de quatorze anos quando ela viajou pela primeira vez. Meu avô tentou manter uma espécie de compostura compreensiva e só conseguia repetir que ela se arrependeria e logo voltaria para concluir a faculdade de direito. O fato de ele ter pago as passagens da filha desiludida é um ponto de conflito entre o velho e minha avó até hoje. Fazendo as contas agora, acho que a última vez que minha tia esteve no Brasil foi há uns dez anos. Até onde sei, atualmente ela mal telefona no Natal.

Há uns dois anos, tive coragem de perguntar por onde minha tia desiludida andava. Minha avó começou a chorar, minha mãe pegou outra colher de arroz, fazendo um gesto de reprovação com o braço esquerdo, e meu tio, sempre competindo com a irmã caçula, disse cheio de desdém que em algum ponto entre o sul da Rússia, a Mongólia e o Cazaquistão.

Ela passa o tempo vagando com um grupo liderado por um monge que se diz a reencarnação do espírito que controla o lado afetivo dos seres vivos. Não apenas os humanos. Nesse momento, minha irmã quase cuspiu o que estava mastigando, engasgada com a piada. Eu tinha acabado de estragar o almoço de Páscoa.

Não acho a história engraçada. Não acredito no tal monge, claro, mas sempre gostei da minha tia. O irmão dela, o engraçadinho, incomoda-me um pouco. Quando ela voltou pela primeira vez, creio que em 1990 (não posso dizer a data exata, pois, desde que comecei a sentir saudades de tudo, perdi um pouco a noção do tempo), fiquei marcado pelo jeito com que me entregou as tampinhas que tinha trazido.

Para a sua coleção, Ricardo. Eu não consigo esquecer essa frase: para a sua coleção, Ricardo. Ela me passou o pacotinho com o olhar distante. Estávamos todos esperando no aeroporto. Quando a porta se abriu, logo nos avistou, acenou e veio caminhando bem devagar. Minha avó começou a chorar. Ela abraçou um por um. Depois, se eu estiver certo, fui o primeiro a ganhar um presente. Para a sua coleção, Ricardo.

Para quem adorava andar de bicicleta, e sempre tivera os afetos muito intensos, os gestos dela pareciam vagarosos demais. Fiquei olhando as tampinhas no caminho do aeroporto até a casa do meu avô, onde iríamos comemorar a visita.

Se eu estiver certo, minha tia desiludida voltou ao Brasil depois de oito anos. Já estávamos no finalzinho do século. Não conseguimos nos ver: a visita coincidiu com uma prova bastante importante dos exames para a pós-graduação. Eu estava concentrado e, quando finalmente voltei para São Paulo, ela já tinha ido embora.

Jamais esqueci o olhar de desolação da minha mãe ao me contar que a irmã, naquele momento ela própria uma monja, tinha avisado que o mundo sofreria uma grande catástrofe, e talvez acabasse na entrada do século XXI.

Ela nunca mais voltou ao Brasil. Afetuosa, deixou-me nessa segunda visita três outras tampinhas. Mas eu já estava começando os estudos para me tornar um especialista e, com a soberba que herdei do meu tio, joguei-as fora. Estudar a origem delas, como faria todo bom colecionador, sequer passou pela minha cabeça.

Desde que tudo isso começou, tenho percebido que sentir saudades significa, em alguma parcela, arrepender-se. Fico tentando relembrar uma série de coisas. Se não tivesse jogado as tampinhas fora, por exemplo, a frase da minha tia talvez hoje fizesse algum sentido para mim. Para a sua coleção, Ricardo.

Não tenho mais nenhuma coleção.

Semana passada voltei à lata de lixo onde joguei uma parte das tampinhas fora, justamente os exemplares mais nobres. A outra parte, deixei para o lixeiro na manhã seguinte. Eu não tinha esperança de encontrá-las: afinal já se passaram quase vinte anos. Acho que é isso mesmo: vinte anos. Apenas olhei as pessoas, a estação de metrô e os arredores. E infelizmente não encontrei nada que me dissesse respeito.

Minha coleção de tampinhas teve um final melancólico. No mês seguinte ao encerramento do ensino médio, um pouco antes do Natal, a turma se juntou para uma despedida. Foi uma daquelas reuniões em que todo mundo garante que de maneira nenhuma vai perder contato.

Tenho vontade de rever meus colegas. Procurei-os em três redes sociais na internet, mas, como não tenho certeza dos nomes, não achei ninguém.

Na festa, iniciaríamos uma nova fase da vida. Portanto, haveria muita bebida alcoólica. Hoje é diferente, mas naquela época a gente demorava um pouco mais para começar a beber.

Como as meninas estariam presentes, pretendíamos que a noite trouxesse as experiências que tínhamos acalentado durante todo o colégio. Por algum motivo, provavelmente resquício do meu orgulho adolescente, achei que, se levasse as minhas tampinhas de garrafa mais especiais, teria vantagem para conquistar uma delas. Era esse o plano: envolvê-las com a parte nobre da coleção.

Hoje acredito que esse orgulho mostra que a minha alma é a de um colecionador. Vou levar as tampinhas, as meninas com certeza ficarão impressionadas e escolherei com qual delas minha saída da adolescência será coroada. Eu não tinha a menor dúvida de que daria certo.

Não funcionou.

Tanta autoindulgência está me incomodando. Até o suicídio do meu grande amigo André, nunca tive vontade de voltar atrás com nada. Agora, comecei a sentir saudades de tudo. Como não consigo deixar de relembrar uma quantidade enorme de episódios da minha vida, é inevitável que comece a pesá-los. Então, arrependo-me de muitos.

Quando tudo começou, minha primeira reação foi sentir ódio do André. Tenho vergonha de dizer: mal ele tinha sido enterrado, eu o xingava, falando sozinho na rua. A primeira crise aconteceu depois que saí da delegacia.

Precisei fazer alguns esclarecimentos. Pelo que entendi, fui o último conhecido com quem o André fez contato. Não tive nenhum problema. Na verdade, fiquei surpreso com a educação dos policiais. Um deles, quando eu já estava saindo, perguntou se conheço o legendário Manoel Camassa, um delegado que coleciona moedas e material de eleições. Ele tem, inclusive, várias urnas.

Depois que me despedi do advogado que tinha contratado por precaução, comecei a sentir alguma falta de ar. Como a vertigem aumentou, sentei-me em uma praça, mas logo um mendigo veio me incomodar. Ele me chamou de chorão. Acho que de seu moleque chorão. Levantei-me para reagir, mas minha vista escureceu de raiva e ele sumiu. Então, saí gritando. Devo ter xingado todo mundo, mas com certeza foi o André quem mais ouviu.

Nunca tinha gritado tanto. Trato meus problemas em silêncio. Eu os organizo e reorganizo na cabeça, como se fossem uma coleção, até solucioná-los. Com as decisões, reajo da mesma forma. Um bom exemplo é a tal festinha de despedida. Claro que não consegui terminar o ensino médio como tinha planejado.

Levei dez tampinhas. Tomei cuidado para, antes, passar um pano em cada uma. Estava um pouco apreensivo com as japonesas: caso chamassem mais atenção que as outras, a minha dificuldade para explicar se eram de água ou refrigerante talvez diminuísse o charme diante das meninas. Sem dizer que, naquele ambiente, seria desanimador destacar que as tinha ganhado de um abstêmio.

Resolvi que iria começar mostrando as três tampinhas da antiga Polka, uma cerveja produzida a partir dos anos 1940 no sul do Brasil por um descendente de alemães. No final, até onde tinha pesquisado, ela acabou deixando de ser uma marca artesanal para se incorporar a um grande grupo.

Eu acrescentaria na festa que em vários lugares do mundo a indústria internacional de bebidas acabou soterrando pequenos e tradicionais empreendimentos, com o óbvio prejuízo no sabor. Se concluísse a história toda com o fato de que o dono da Polka criou uma espécie de festival da cerveja, com certeza conquistaria alguém.

Não conquistei ninguém, é claro. Depois de uma hora de festa, todo mundo começou a ficar melancólico e cada vez que eu resolvia abrir o saquinho plástico com as dez tampinhas raras, as pessoas diziam que talvez pudéssemos nos reunir de novo em fevereiro. Quando o ambiente ameaçava ficar carregado demais, contávamos uma novidade.

Um cara iria ajudar a lojinha do irmão no Canadá. Duas meninas tinham arrumado um emprego com um estilista famoso e eu, o colecionador, estava rachando de estudar para entrar na faculdade de história.

Resolvemos ir embora cedo, para a despedida ser mais fácil. Não foi, e até hoje não gosto de lembrar.

Levemente bêbado, sentei no metrô sozinho e fiquei olhando as dez tampinhas na volta para casa. Para a sua coleção, Ricardo. Por algum motivo, eu já não tinha mais orgulho da minha coleção.

O trem estava vazio e na minha fantasia o trajeto demorou bastante. Dei a parte nobre da minha coleção de tampinhas para um sujeito que parecia muito triste e estava sentado perto de mim. Talvez algum amigo dele tivesse acabado de se matar. Essas coisas a gente não pergunta.

Não foi isso: com raiva, triste e meio bêbado, mas empolgado com as novas perspectivas, cheio de curiosidade pelo que iria acontecer comigo, muito confuso portanto, joguei as tampinhas no lixo da estação de metrô perto da minha casa. Elas já não faziam parte da minha vida.

Além das tampinhas, tive uma coleção de selos. Comecei como todo mundo: cortando-os das cartas que recebíamos em casa. Aos poucos, as pessoas começaram a me trazer outros. Acho que com onze anos ganhei uma quadra de presente de aniversário. Veio embrulhada em uma embalagem de loja especializada, e a palavra "filatelia" no papel de presente me comoveu.

Eram selos do ano de 1983 reproduzindo, com a mesma dimensão mas a partir de imagens muito diferentes, um momento do carnaval brasileiro. Não tinham carimbo. Ninguém enviara uma carta com eles, o que me deixava um pouco mais tenso ao manipulá-los. Lembro-me especialmente de um, talvez o de valor de face mais alto, que representava um bloco de rua. Passei horas tentando entender se o rosto das pessoas, tão pequeno nas fotos dos selos, estava pintado ou se alguma coisa os cobria.

Foi essa quadra sobre o carnaval que me tornou um colecionador pretensamente interessado. Tentei ler tudo o que encontrei sobre a palavra filatelia. Aprendi que coleções precisam ser organizadas. Minha primeira decisão foi ficar apenas com os selos do Brasil, que já eram a maioria. Guardei também um punhado de exemplares dos países árabes, já que minha família tinha vindo para o Brasil fugindo do Líbano. O resto, troquei em uma feirinha.

Lembro-me, ainda nesse começo de coleção, dos pequeninos selos regulares, com valores de face mais baixos. Esses, juntei aos montes. Uma série sobre construções históricas, que circulou em 1987, aparecia sem parar nas minhas mãos. O de um cruzado com a imagem do pelourinho de Salvador, devo ter acumulado uns cinquenta.

Eu gostava de um de 1977 comemorando o Ano Mundial do Reumatismo. Não me recordo o valor de face, mas lembro que não havia a indicação da moeda. Nem cruzeiro, nem cruzado. Em 1989, o Brasil vivia o novo cruzado. Consigo me recordar agora apenas porque me apeguei muito a um selo que comemorava os cem anos da primeira usina hidroelétrica da América do Sul.

Depois de algum tempo, comecei a guardar os selos em sacos plásticos, dividindo-os ano a ano. Então, pesquisei a inflação no Brasil, em alguns momentos marcantes, para uma lista que acompanhava a caixa com os selos. Não vou me lembrar de todos os números, mas tenho muita clareza de dois: em 1983, época da quadra sobre o carnaval, a inflação chegou a 200%. Cinco anos depois, ultrapassaria os 1.000%.

Eu ficava fascinado ao colocar os selos na mesa para, pela décima vez, observar que, se em 1989 a moeda era o novo cruzado, no ano seguinte já tínhamos de volta o cruzeiro. Sinto saudades daquele tempo: caía na minha mão um selo sobre os Lions Clubes do Brasil e eu ia correndo pesquisar o que era aquilo.

Depois, troquei a folha com dados muito superficiais para fichas individuais sobre cada ano. Como minha coleção contava com muitos selos da década de 1980, era inevitável que a economia aparecesse em primeiro lugar. Além disso, a marcante variação da moeda exigia explicações.

As melhores coleções sobre material político que observei até hoje comprovam que José Sarney e Fernando Collor combinavam com o papel que lhes coube no picadeiro que foi a presidência do Brasil após a ditadura. Eu me envergonho de sentir saudades daquele tempo.

Junto com as fichas, tive a ideia de colar os selos em folhas de cartolina. Cortava-as na dimensão de um papel sulfite normal. Então, prendia os selos com pequeninas tiras de folha de seda. A operação durava horas. Depois de voltar da escola, passava tardes inteiras fechado no quarto colando selos nas cartolinas e pesquisando informações para as fichas.

Não me incomodava ficar sozinho. Um colecionador cultiva com muita intensidade o mundo interior. Depois, mudei bastante. Na faculdade, eu era um daqueles caras sociáveis que conversam com todo mundo e não têm dificuldade para fazer amigos. Alguns estão entre os mais importantes da minha vida.

O passo seguinte, antes do final patético que dei à coleção, aconteceu quando ganhei do meu avô um classificador. Era um álbum enorme, de capa dura azul, com capacidade para armazenar cinco mil selos. Como os sacos plásticos perderiam a função, minhas fichas acabaram soltas. Resolvi guardá-las em uma pasta, mas vejo hoje que com isso talvez tenha perdido a empolgação. Era divertido olhar os selos e ver que a moeda brasileira variava tão rápido.

Por outro lado, com todos juntos em um único álbum, pude ter uma visão mais geral da coleção. Como organizei tudo em ordem cronológica (hábito de colecionador iniciante), ficava fácil ver os anos mais bem-representados e os que quase não apareciam. Os selos mais antigos eram de 1933 com a imagem de um brasão.

Depois, a coleção saltava para 1950. Da década de 1970, lembro-me de ter tido bastante coisa, porque um tio-avô jogou na minha mão uma caixa cheia de envelopes. Minha mãe ficou preocupada com o presente e, antes de me deixar cuidar dos selos, prestou atenção para ver se havia alguma carta esquecida lá dentro.

Meu tio-avô tinha retirado todas. Os envelopes vinham do mesmo endereço na cidade de Santos. Os carimbos variavam entre 1971 e 1980, mas a correspondência mais intensa aconteceu no meio da década.

Foi ele também que me deu os selos árabes. Do mesmo jeito, datavam da década de 1970, muito embora nesse caso houvesse ao menos três correspondentes no Oriente Médio. É tudo que consigo lembrar.

Não sei se há alguma ligação entre as cartas que vinham de Santos, as que chegavam do Líbano, da Síria e da Arábia Saudita e a preocupação da minha mãe com o fato de talvez ter sobrado alguma coisa nos envelopes. Naquele momento, nada disso me interessava. Eu só queria cortar e classificar os selos.

Durante a divisão do espólio do bisavô, esse meu tio-avô chegou a sacar um revólver da época da Segunda Guerra Mundial, que obviamente não funcionava mais, descontente com dois dos irmãos. Ele os acusava de tentar sair com vantagem na herança do velho.

As crianças o adoravam. Tenho saudades daquele tempo: por duas vezes, reunimos a família inteira para comemorar o aniversário do bisavô. Na segunda festa, levei minha coleção de selos e o tio-avô resolveu me passar a caixa com os envelopes.

Recordando agora, meu avô também ficou assustado e conferiu para ver se o irmão não estava passando para frente nenhuma carta. Quanto aos envelopes, como iria rasgá-los para pegar os selos, não havia problema.

Não tenho como reaver minha coleção, mas retomar essa história talvez seja uma boa maneira de deixar alguma coisa registrada sobre meu tio-avô. Posso escrever um artigo para uma revista de colecionadores. Pela reação que teve à época, acho difícil minha mãe ajudar, mas ela tem uma prima cujo hobby é desenhar a árvore genealógica da família. Com certeza ela deve saber alguma coisa.

Pessoas que fazem investigações para desenhar árvores genealógicas costumam reunir objetos que interessem à história familiar. Como não são o foco principal, porém, é impossível falar em coleção. Mas há uma afinidade e por isso essa prima aceitou com toda simpatia me receber.

Logo que cheguei, ela disse que minha mãe tinha falado bastante de mim e que sempre acompanhava meus textos na imprensa. — Seu guia para colecionadores é muito divertido.

Ela abriu uma folha enorme com a nossa árvore genealógica. Ágil, localizou-me na mesma hora na lateral esquerda. Meu tio-avô, apontou, estava uns trinta centímetros acima. O estudo que tinha feito chegava, com toda segurança segundo ela, até o final do século XVIII. Antes disso, era tudo especulação. Para conseguir outros dados, ela precisaria voltar ao Líbano e aos outros países da região para um estudo mais minucioso.

Enquanto pegava um grupo de fotos e outros documentos (o que seria um germe de coleção) ela me disse que as pessoas com quem fizera contato nos países árabes não gostam muito de falar do passado. Aproveitei a chance para perguntar se ela sabia por que meu tio-avô tinha trocado tantas cartas com um grupo pequeno de pessoas na década de 1970. A velhota fechou a cara e, nervosa, disse que não é porque meu amigo se matou que posso incomodar a memória dos que se foram pela vontade de Deus.

Então vai tomar no cu, sua filha da puta.

Cuspi na cara dela mas, com o grito, a desgraçada se afastou e acabei atingindo a tal árvore genealógica. Na mesma hora, peguei a folha e a rasguei em pelo menos três pedaços. Ela começou a gritar e tentou tirar o papel das minhas mãos.

Não me recordo como saí do apartamento da desgraçada. Desde que meu grande amigo se matou, tenho problemas de memória. De repente, na lembrança que consigo recuperar, vejo-me na rua de novo.

Estou andando apressado e grito sem parar. Acho que xingava a filha da puta. Lembro-me de atravessar duas ou três avenidas. A luz do farol se confunde com um letreiro, um pouco mais distante, para causar uma enorme sensação de vertigem.

Quando estava perto de uma praça, meu telefone celular tocou. — Ricardo, você está aí? — A desgraçada já tinha telefonado para minha mãe.

Não respondi. Vi um cara gordinho e de cabelo comprido andando perto de mim. — André — eu gritei. Era o André. Tentei alcançá-lo enquanto gritava. — André — eu berrava na calçada cheia de gente. Acho que todo mundo olhou.

Talvez ninguém tenha olhado: não consigo lembrar e muito menos escrever direito. Estou com tontura. Meu estômago embrulhou. Não era o André e senti outra vez muita raiva dele.

Minha mãe começou a me aborrecer, exigindo que eu procurasse "ajuda especializada". Resolvi alugar uma casa de fundos perto da república onde morávamos no tempo da faculdade. Inventei um curso qualquer, fechei meu apartamento e vim para cá.

Outro dia cruzei com um dos meus ex-professores. Justamente o que o André mais me aconselhou a ficar longe. Tenho vergonha, mas não vou esconder: uma semana antes de se enforcar, ele foi ao meu apartamento e me contou tudo o que meus antigos colegas falavam de mim e a boataria sobre os professores. Fiquei incentivando-o a falar, deliciado com as histórias.

Encontrei também o irmão do cara que ficou com a minha coleção de selos. Ele prometeu que mandaria lembranças e contou que meu velho amigo trabalha em um hospital psiquiátrico na Escócia.

Fiquei com saudades do tempo da faculdade. Eu não me preocupava com nada. Não sei como conseguia passar o mês com tão pouco dinheiro. Só a história me interessava: ia dos arquivos para o cinema temático, e acumulava informações sobre economia, biografias e as tendências da última corrente francesa. Do mesmo jeito, contextualizava qualquer coisa e me apaixonava por todo tipo de documento.

Desde que cheguei, tenho me repetido que não vim atrás dos rastros do André. E nem poderia: não sei onde ele morou pela última vez, antes das internações que culminaram no suicídio. Alguém me disse que a pequenina biblioteca que ele construiu foi vendida para um sebo. O André adorava literatura. Visitei os quatro da cidade universitária, mas não encontrei nada.

Ele dava aulas de história em um colégio particular aqui na região. Mas não sei qual e não estou disposto a descobrir. Não estou com vontade de fazer contato com as pessoas que poderiam me dizer.

Também não vim atrás da minha própria história. Não sou a minha tia desiludida. Mas andei pelo campus. Estou passando um bom tempo na biblioteca da universidade e outro dia fui conferir se o cineclube ainda funciona. Por outro lado, não voltei à república onde passei boa parte do meu curso. Do mesmo jeito, não vou conferir se os restaurantes baratos que frequentávamos ainda existem.

Mas confesso que tenho medo de não aguentar. Estou incomodado com os acessos de ansiedade que começaram desde que vim para cá. Quando surgem, sinto o impulso de voltar a todos esses lugares. Durante o mais forte, fiquei a três quarteirões da velha república e me sentei em um banco, na rua, com muita vontade de chorar.

Depois voltei para cá, envergonhado. Outra sensação incômoda é o nervosismo. Talvez eu devesse largar tudo, voltar para São Paulo, pedir desculpas para a velhota da árvore genealógica e procurar a tal "ajuda especializada".

Sinto saudades de tudo e isso me irrita.

Tenho feito descobertas: quando a gente grita na rua, ninguém repara. Nesse último acesso, fiquei nervoso por quase ter ido até minha antiga república e, como não consegui chorar, voltei gritando. Agora, no entanto, não culpei nem xinguei o André. Para ser sincero, esqueci dele enquanto gritava na rua. Idiota mesmo é a velha da árvore genealógica. Tonta, colecionadora de fascículo de banca de jornal.

Quando voltei, escrevi um e-mail para ela explicando que árvores genealógicas são para colecionadores de quinta categoria. Se a senhora fosse sofisticada, colecionaria fotografias ou cartões-postais da família. Garanto que a senhora compra caixinha de porcelana no jornaleiro. Uma hora depois, minha mãe ligou. Não atendi. Fui à biblioteca da universidade atrás de algum livro ou documento que pudesse me esclarecer uma possível ligação entre a cidade de Santos e o Oriente Médio.

Estou falando da década de 1970, claro. No início do século XX, havia muita. Meu bisavô veio para o Brasil, partindo do Líbano, em um cargueiro da própria família. Tínhamos um negócio de transporte internacional que faliu durante a crise de 1929. Por isso achei estranha essa troca de cartas mais de quarenta anos depois.

Não encontrei livro algum e então resolvi escrever para a tonta da árvore genealógica para perguntar se meu tio-avô era terrorista. Uma hora depois, naturalmente, minha mãe ligou de novo.

Na porta da biblioteca, encontrei um dos meus antigos professores. Simpático, ele me reconheceu e me convidou para tomar um café. Aceitei um pouco contrariado. Eu não queria ter uma conversa saudosista.

Sentir saudades de tudo não é exatamente saudosismo. Esse último gera aquele desejo ridículo de ficar relembrando todo tipo de coisa. A reconstrução sempre vem acompanhada de um sorriso frágil.

No meu caso, sentir saudades de tudo é ter vontade de refazer qualquer coisa que retorne à minha cabeça. Quero minha coleção de selos de volta, por exemplo. Foi um erro ter ouvido as fofocas do André. Gritei, nervoso, para ele parar de se cortar. Vou pedir desculpas para a minha tia.

Meu professor sabia do André e disse, com alguma sinceridade, que lamentava muito. — Era um rapaz divertido — falou —, eu adorava quando ele dizia ser o último dos cavaleiros templários.

Houve uma época em que o André resolveu dizer que fazia parte da Ordem dos Templários. Ele enfatizava: não é uma dessas sociedades secretas de hoje. É da Idade Média mesmo. A gente ria. Como era muito estudioso, ele pesquisou alguns costumes (acho que sem nenhuma coerência) e chegou a praticá-los. O que mais chamava atenção era o ritual da corte. De vez em quando, eu o via ajoelhado diante de uma moça, estendendo uma flor e fazendo um juramento. Às vezes falhava.

Uma vez fiquei curioso com essa história de templários e descobri que o André era católico. Ele não ia à missa, e muito menos obedecia aos rituais contemporâneos, mas cumpria suas obrigações religiosas por meio de um código particular. Para ele, o cavaleirismo medieval não devia ter sido perdido.

Foi com essa mesma ética que ele arrumou confusão quando se internou pela segunda vez. Um certo Bin Laden que tentava controlar os outros internos sempre que as enfermeiras se distraíam. Dependendo do transtorno da pessoa, ele me disse, a fragilidade é muito grande. Com esses, o Bin Laden deitava e rolava.

Mas com o André não funcionou e os dois trocaram chutes e acabaram isolados. Quando veio para a minha casa e contou essa história, a gente deu muita risada.

Não consigo lembrar a maneira como ele rezava. Era uma mistura de latim com inglês antigo. Pesquisei na biblioteca, mas não achei nada.

Não localizei também nenhuma informação sobre os livros que ele possa ter retirado. E o velho professor não soube me dizer se havia algo de especial entre Santos e o Oriente Médio na década de 1970.

Acabo de ver que a velhota da árvore genealógica aceitou minhas desculpas. Vou ter que dizer para a senhora, além de muito obrigado, que estou quase descobrindo aquilo lá. E outra coisa: a senhora não passa de uma colecionadora de fascículo de banca de jornal. Não quero suas desculpas. E se ele foi terrorista as pessoas precisam saber, sua colecionadora de fascículo de merda.

Na primeira instituição onde o André esteve, acho que por quinze dias, não consegui passar do portão. Fiz uma sacolinha com um sanduíche e algumas frutas e expliquei que estava indo visitar meu pai, um certo João. O vigia olhou espantado e me perguntou qual deles, depois de explicar que os visitantes não poderiam levar comida.

Nunca existiria um João Lísias. Então, envergonhado, balbuciei João da Silva e ele, sem esconder a irritação, disse que ali não havia nenhum João da Silva. Respondi que na verdade gostaria de conversar com alguns dos internos, já que todo mundo sabe que eles são pessoas muito sozinhas. Ele poderia ficar com o lanche e as frutas.

O cidadão resolveu perguntar se eu era jornalista e, sem outra alternativa, abri o jogo: é que há alguns meses (não me lembro quantos), um grande amigo esteve aqui. Queria apenas andar um pouco e ver como ele passava o tempo.

Não recebi autorização.

Na segunda instituição, onde o André ficou por três semanas, minha sorte foi outra. O portão do estacionamento estava aberto e, no corredor que levava ao primeiro pátio, encontrei uma pequena família que pretendia visitar alguém. Falei bom--dia sorrindo e o vigia achou que eu estava com eles. Lá dentro, distanciei-me um pouco, sem perdê-los de vista.

É um casal na faixa dos cinquenta anos. Os dois usam aquele tipo de roupa que faz questão de mostrar que depois vão passear no parque. A filha deve ter uns vinte anos.

Pelos gestos, visitam a mãe dele. Logo que a encontram, a garota corre para acariciar os cabelos bem branquinhos da avó. Não faz com pressa ou obrigação. Quando sair daqui, ela vai a um cineclube. Quem fala alguma coisa pela primeira vez é a mãe.

Sentada em um banco, embaixo de uma árvore enorme, a senhora continua olhando o horizonte. Ela usa um vestido azul-claro bem limpo. Os cabelos estão penteados com cuidado e a pele é lisinha. Ela nunca será abandonada. Sei o que a menina está pensando: nunca vamos te deixar sozinha, vovó.

Mas ela já está sozinha.

Só agora percebo a boneca no colo da avó. Ela continua olhando o horizonte, mas acaricia com o polegar da mão esquerda os cabelos ralos do brinquedo. Há também um despertador ao lado dela, no banco. A neta continua falando com a avó, enquanto o pai vai perguntar alguma coisa para uma enfermeira. A resposta é óbvia. Prefiro sair.

Em um banco parecido com o daquela família, tento me acalmar. Estou em um pátio enorme, no centro de um conjunto de prédios baixos. Atrás deles, há vários outros, provavelmente térreos. As árvores estão por todo lado. Avisto, ao lado de um dos pavilhões, um pequenino bosque. Por algum motivo, ninguém se aventura por ali. Há vários gatos. Um deles passa por mim, mas não aceita uma carícia.

Mais calmo, noto à minha esquerda, a uns cinquenta metros, uma rodinha só de homens. Com certo ar de cumplicidade, observam o lugar e as pessoas. No centro deles, um barbudo calado parece conduzir as investigações. Ele tem um rosto enigmático, entre autoritário, cínico e impassível. Só pode ser o Bin Laden.

Compreendo tudo.

De novo, começo a chorar. Não consigo resistir. Estou chorando porque o André se enforcou uma semana depois de ir embora da minha casa.

Choro porque falei que na minha frente ele não iria se cortar. Na minha casa, não. Estou chorando nesse hospício chique porque só fico nervoso. Nesse hospício chique. Fico nervoso e ao mesmo tempo me sinto um fraco. E choro porque não entendi nada. Comecei a chorar no meio de todos eles porque coloquei um apelido no André. A gente ria muito. Choro porque a gente ria muito, porque o coloquei para fora de casa e uma semana depois me ligaram para dizer que ele tinha se enforcado. O meu amigo estava muito sozinho. O meu amigo se enforcou. Não paro de chorar porque o André tinha se enforcado, porque só fico nervoso e porque todo mundo diz que quem se mata não vai para o céu.

Não consigo parar de chorar agora.

Quando saí, outra vez fiquei com um sentimento estranho: uma espécie de paz eufórica me causou taquicardia. Não tive paciência para esperar um ônibus e resolvi voltar andando. Acho que estava feliz.

Não é bem isso: fiquei alegre. Não foi intenso. Tive que parar e pensar um pouco para entender o que estava sentindo. Era a mesma alegria discreta que me invade sempre que encontro uma coleção bem-feita e tenho a chance de dizer isso para o dono.

Entendi esse sentimento quando visitei a coleção de pesos de papel de um médico. Eram mais de cem, distribuídos com muito bom gosto pelo consultório. Ele tentou me agradecer mas, como não conseguiu, ficamos os dois ali, realizados um na frente do outro.

Agora, eu sentia essa pequena alegria sozinho. Apesar de tudo, tinha gostado do lugar. Era limpo, bem-iluminado, e os funcionários, atenciosos. Mesmo o Bin Laden estava vestido com certo cuidado e não parecia ser apenas um maluco abandonado. A vovó da boneca aparentava alguma dignidade.

Aquela instituição, conferi depois, aceita pouquíssimos convênios médicos. É caro internar-se lá. Não sei se devia revelar, mas fiquei com orgulho do André.

No final da faculdade, o André adorava se gabar dos ótimos empregos que conseguia. As pessoas estavam tentando entrar no mercado de trabalho, e ele sempre aparecia com as melhores notícias. Ainda no terceiro ano, passou na seleção para ser o monitor de história do melhor colégio particular da cidade.

Ele não parava de falar do salário e da promessa de, no semestre seguinte, já lecionar. Mas os cavaleiros templários têm muitas habilidades, continuava enquanto a gente ria: vou começar a vender chocolate.

O André era muito bom na cozinha. Antes de se enforcar, passou uma semana na minha casa e, na noite em que brigamos, preparou um escondidinho de carne-seca para pedir desculpas.

Hoje cedo encontrei uma moça que conviveu conosco. Ela também se lembrava dos chocolates do André. Ele os vendia muito barato e mesmo assim juntava um bom dinheiro.

Ela me contou que tinha ido com um grupo de amigos desfazer o apartamento dele. Na época, não tive coragem. Não tenho nenhuma lembrança do André.

A moça disse que ficou com algumas cartas que o nosso amigo escreveu para o presidente Lula, falando das dificuldades de ser deficiente físico no Brasil. O foco eram os problemas auditivos. Acho que nunca as enviou.

Talvez a seriedade no trabalho tenha sido a maneira que o André encontrou para compensar os problemas psicológicos. Mesmo a história dos chocolates, ele levava muito a sério. No começo, apenas os amigos comprávamos. Depois, o sucesso foi aumentando e ele passou a fornecer para vários restaurantes, padarias e bares da região. Agora, produzia quantidades determinadas, tinha controle de tudo e estava investindo em um pequeno maquinário.

Ele parou a fabricação quando começou a ter problemas de nota fiscal e também depois que um professor, o mesmo que cuidaria do mestrado dele, falou alguma bobagem do tipo "intelectual não entra na cozinha". Os cavaleiros templários são muito sensíveis, ele me disse naquela noite.

Eu devia ter percebido.

O André tratava o problema da surdez que tinha no ouvido direito com o mesmo cuidado. Sempre procurava os melhores médicos, lia muito a respeito e limpava o aparelho todas as manhãs. Às vezes, a gente concluía que o comportamento estranho talvez fosse por causa da dificuldade para ouvir. Hoje, acho que ele usava a surdez para encobrir o problema psicológico.

No último ano de vida, resolveu escrever uma série de cartas ao presidente Lula para reclamar da situação dos deficientes físicos no Brasil. Considerava-se um deles e estava reivindicando uma licença para não pagar o transporte público. Se conseguisse uma cópia dessas cartas, ao menos teria algo dele comigo. Mas a tontinha que ficou com elas prometeu me mandar um e-mail hoje e, até agora à noite, nada.

Ela não me escreveu. Se for confiar nessa gente, vou continuar sem nada do André. O que custa, desgraçada, tirar xerox de dez folhas, sua colecionadora de araque, colecionadora de merda, colecionadora de fascículo. E se você quer saber, vagabunda, o André me contou tudo, fofoqueira, colecionadora de merda.

Resolvi andar um pouco e, quando voltei, havia uma ligação da minha mãe no telefone celular. Dessa vez foi coincidência. A menina sequer se deu ao trabalho de me responder com alguma malcriação e, antes de dormir, resolvi escrever um segundo e-mail falando como o André costumava tratá-la: dona Toda Torta. Pode ficar com as cartas, dona Toda Torta. Toda Torta. Toda Torta.

Acordei resolvido a ir embora. Não vou conseguir nada nessa cidade ridícula. Avisei minha mãe que voltaria para São Paulo logo depois de pesquisar algumas informações sobre um dos colecionadores mais famosos de Campinas. Ela respondeu dizendo que eu devia arranjar uma namorada. Estranhei a liberdade.

Há alguns anos os jornais noticiaram a morte de um homem que juntara mais de cinquenta mil tampinhas de garrafa. Como também as tinha colecionado, guardei os recortes. Segundo a viúva, ele passava muito tempo com as tampinhas. Quando estava para morrer, pediu para que o caixão fosse forrado com elas. O epitáfio também deveria ser escrito com uma colagem de tampinhas. Nesse caso, já não concordo muito: isso indica uma obsessão distante da racionalidade que deve acompanhar as boas coleções. De qualquer forma, para não ir embora sem nada (já que não arrumei nenhuma informação sobre meu tio-avô), resolvi visitar o túmulo desse colecionador. Por coincidência, ele está enterrado no mesmo cemitério que o André.

Amanheceu um belo dia. São típicos dessas cidades horrorosas que não têm nada para oferecer além do clima ameno, o céu azul e uma brisa agradável. Um horror. Lembro-me muito bem desses dias quando fazia faculdade aqui: logo tudo evoluía para um frio enorme.

Não consegui dormir direito e, para me acalmar, resolvi caminhar até o cemitério. Escolhi o trajeto que passa em frente à casa de repouso do Bin Laden e entrei.

Apesar de ainda ser bastante cedo, a senhora já está sentada no banco, com a boneca no colo e o despertador ao lado. É gostoso tomar sol essa hora. Ela afaga com a mão esquerda os cabelos ralos do bebê. De vez em quando, de um jeito quase imperceptível, força um pouco os dedos na cabeça do recém-nascido, só para ter certeza de que ela está mesmo ali.

Umas poucas enfermeiras param na frente dela e desejam bom-dia. Ela não responde. Será que ouve? A neta acha que sim. Por isso, chega alegre, falando bom-dia e como você está linda, vovó.

A moça se senta ao lado do relógio e começa a acariciar os cabelos da avó. Ela sabe que estou aqui, a neta pensa, quase falando em voz baixa. — Vou sempre vir aqui, vovó — sussurra.

Aos poucos, os outros pacientes começam a sair para o pátio. Em um relance, a menina observa como quase todos têm dificuldade para andar. Depois, volta a atenção para a avó. As duas estão de mãos dadas. Foi a neta que colocou a mão direita sobre o braço esquerdo da avó. As duas vivem, então, um momento de muita paz. A neta repete que nunca vai deixar a avó sozinha.

Mas todo mundo lá dentro é infinitamente solitário.

Não consegui dormir direito e achei razoável vir andando. Pensar me acalma. De fato o ideal é voltar para o meu apartamento. Não há nada que me prenda a essa cidade.

Com o céu abertamente azul, o cemitério fica ainda mais bonito. Ele é formado por diversas ruas paralelas, divididas por alguns jardins. Além das flores que os parentes trazem para os túmulos, há canteiros por toda parte. Apesar de tudo, acho o lugar muito saudável. Imediatamente depois dessa pequenina paz, um sentimento de medo me invade: será que nunca vou dormir bem de novo?

Acabo cruzando com um enterro. Poucas pessoas o acompanham e todas estão em silêncio. Conto apenas duas moças chorando discretamente. Não encontro nenhum idoso.

Estou com a impressão de que o mundo começou a funcionar em voz baixa e em câmera lenta. É o que acontece com as pessoas que não conseguem dormir direito.

Alguns ali acompanham o trabalho do coveiro com uma espécie de resignação no rosto. Reparo que todos estão mais ou menos conformados. Mesmo as duas meninas agora já pararam de chorar.

Resolvo ir embora e no portão do cemitério dou-me conta de que não havia nenhum tipo de trabalho religioso no enterro. Foi um suicídio. Minha irritação aumenta, não consigo me controlar e de novo começo a gritar na rua. Os suicidas sofrem.

Deus desgraçado.

Voltei para São Paulo sem ter conseguido nada. A biblioteca da universidade não tinha qualquer coisa mais reveladora sobre a imigração dos árabes para o Brasil e, muito menos, algo que me desse uma pista sobre a correspondência do meu tio-avô.

A universidade onde me formei e fiz meus estudos de pós-graduação já não me diz nada. O lugar mudou pouco. Quando fui consultar a biblioteca, cruzei com os mesmos professores (ou outros parecidos com eles), conversando com alunos que se comportavam mais ou menos como a gente.

Encontrei algumas pessoas da minha época. Elas engordaram e compraram uma casa. Trabalham por ali até hoje. Perguntaram das minhas coisas, umas poucas disseram que leem os meus textos na imprensa e um conhecido chegou a me falar de uma coleção. Nada de mais.

Desliguei-me da universidade há alguns anos, mas não posso dizer que abandonei a carreira intelectual. Pelo contrário, penso em coleções o tempo inteiro, dou cursos, ofereço consultoria e escrevo textos sobre isso. Mas não tenho sequer um conjunto de cartões-postais.

Por enquanto, minha família está fingindo que nada aconteceu. Meus irmãos, porém, ligam com mais frequência e minha mãe fala comigo com cuidado e apenas sobre assuntos corriqueiros. É como se eu sempre estivesse prestes a ter uma crise.

Ontem, no jantar informal após minha palestra em um congresso de filatelia, perguntaram-me se também coleciono selos. Respondi que não. E nem qualquer outro objeto. No hotel, durante a insônia, concluí que não seria mau começar outra coleção.

Minha fala foi sobre selos com defeitos que, por algum motivo, acabaram muito valiosos. Planejo há bastante tempo um livro sobre coleções como um investimento.

Já tive nas mãos um dos vinte e quatro selos que, por um erro, escaparam do embargo de 1980 na Alemanha Ocidental. O governo lançou uma série para comemorar os jogos olímpicos de Moscou, mas logo depois resolveu participar do boicote dos países capitalistas. Os poucos selos que foram enviados valem hoje, acompanhados do carimbo, algo como vinte mil euros. O André teria orgulho. Ele adorava coisas caras.

Todo dia, vou para a cama com medo de ter insônia. Consigo até perceber os meus batimentos cardíacos sem fazer nenhuma concentração. Deito-me, cubro todo o corpo, fico imóvel no escuro e meu coração dispara, com medo de não dormir.

Preciso de um tempo para me acalmar. Depois, se me esticar com o corpo virado para o lado esquerdo e tiver alguma sorte, consigo adormecer. Mas é um sono bem leve. Quase um cochilo.

Noite passada, consegui dormir. Mas o segundo temor, que também atrapalha muito o sono, apareceu: tive um pesadelo. Estava em um cômodo e um vulto chorava. Eu o ouvia, mas não conseguia localizá-lo no escuro. Lá pelas tantas, quando estava prestes a chorar também, acordei e não adormeci de novo.

Visitei agora à tarde um colecionador de objetos militares. É um senhor que passou a vida acumulando todo tipo de material que pertencera a diversos exércitos. Tudo fica armazenado em um galpão em uma chácara perto de São Paulo. Como está bastante caótico, ele me contratou para organizar os objetos e pensar em uma espécie de catálogo, já que pretende abrir um pequeno museu particular, ou até uma fundação.

Embora muitos colecionadores passem boa parte da vida contemplando solitários seu material, chega um momento em que é irresistível mostrá--lo. Sem dizer que quase todos querem deixá-lo de herança. Para muitos, é o que fizeram de melhor em toda a vida. Mas eu não estava conseguindo me concentrar direito e então pedi para conversarmos outro dia.

A insônia está começando a atrapalhar o meu trabalho.

Muita gente pensa que não dormir causa cansaço e fraqueza. A disposição desaparece e a cabeça acaba mais lenta. É verdade, mas o pior é a irritação. Dá raiva. Quase gritei com o colecionador quando, depois de me mostrar alguns capacetes que pertenceram ao exército soviético durante a Segunda Guerra, ele abriu uma caixa com miniaturas de bombardeiros vendidas em banca de jornal.

Consegui me controlar, mas foi por pouco. Expliquei, de má vontade, que uma coleção conquista seu valor pelo conjunto. De que adianta ter um capacete usado pelos soldados que defenderam a maior siderúrgica de Stalingrado, se ao lado estão alguns fascículos que qualquer um pode conseguir?

Uma coleção não é um mero acúmulo, continuei, mas a história que há por trás de cada um dos itens. Peças vendidas em grande quantidade, como esses fascículos, são esterilizadas. E a história é suja. Os objetos se contaminam em uma batalha. Alguém gritou usando-os. O senhor não acha melhor descobrir quem foi esse soldado, porra?

Depois disso, acabei me contendo. Ele concordou com a cabeça e, no final das contas, prometeu jogar fora tudo ali que fosse fascículo esterilizado.

No final, simpatizei com ele. É um engenheiro de motores aposentado que passou a vida viajando para uma empresa de transporte marítimo. Ele supervisionava a manutenção de transatlânticos. Como ganhava uma pequena fortuna, começou a comprar objetos militares. Na verdade, falou envergonhado, ele acha que entre os seus antepassados há um grande general, mas nunca conseguiu saber quem.

Um vulto apareceu chorando quando consegui finalmente adormecer. Cheguei mais perto. Ele não se parecia com o André, ao menos na época em que se enforcou. Por causa dos remédios, meu amigo engordou bastante. E o vulto era magro. Acho que tentei falar alguma coisa, mas a imagem não ouvia, ou minha voz estava fraca demais. Ameacei gritar, mas, quando estava tomando fôlego, acordei.

Reparei que a madrugada mal tinha começado. Estou acordando cada dia mais cedo. Puta que pariu. Virei o corpo para o lado e me concentrei. Não adiantou: tudo o que consegui foi escutar meu coração. Fiquei um pouco assustado com a taquicardia.

Olhei no escuro cada um dos cômodos. Por algum motivo, não tive coragem de chegar perto das janelas. Apurei os ouvidos para distinguir os sons, dentro e fora do apartamento. Passou um carro. Depois, contei um longo tempo em silêncio.

Encostei na parede próxima ao elevador, mas, enquanto fiquei ali, ninguém o chamou.

Deve ter passado pela minha cabeça a hipótese de estarmos todos sozinhos. Nunca tive isso. Depois, senti vontade de chorar, mas prendi a respiração e me aguentei. O esforço me animou e afastei a autocomiseração. Mas não tem jeito: a raiva volta em alguns instantes. Olhei o relógio e liguei o computador.

Sua besta, estou escrevendo para dizer que não vou trabalhar com a sua coleção desorganizada e tonta. Fica mesmo com esses fascículos. Coloca tudo no bolso das fardas russas, sua anta. Vou dar uma dica: passa pano molhado nos aviõezinhos lá da banca de jornal e depois reza para o espírito do seu tataravô generalzinho. Olha, faz uma árvore genealógica para descobrir o nome dele. Conheço uma velha mula igual a você que pode ajudar, vou te dar o contato dela.

A neta se assustou quando não encontrou a avó no banco de sempre, mas logo viu que, por algum motivo, as enfermeiras a tinham trocado de lugar. Ela está ali, disse com um meio sorriso para o rapaz. Os dois se aproximaram, sem que a senhora os notasse ou deixasse de alisar os cabelos da boneca.

Vim apresentar o meu namorado, vó. Por um instante, a garota se sentiu apreensiva, pois queria muito que os dois se dessem bem. O rapaz sorriu, fez um gesto com o braço direito e se aliviou ao perceber que não precisaria falar nada. Não conseguiria. Se alguém o observasse, notaria seus olhos piscando um pouco mais que o normal e as três ou quatro tentativas fracassadas de engolir em seco.

A neta se senta ao lado da avó e, logo depois, começa a dizer algo bem baixinho. Como se as duas trocassem algum segredo. O rapaz fica ali, sem saber como se comportar, mas com a certeza de que está no lugar certo. A avó às vezes faz breves movimentos de cabeça, que a neta gostaria muito que fossem aqueles gestos de aprovação com o pescoço.

Duas enfermeiras passam e não deixam de acenar. Ela é uma fofa. Não há ali quem pense o contrário. Um médico está chegando e percebe, por causa de uma sensibilidade que refina há décadas, o que está acontecendo. Ele dá mais alguns passos, mas sente algo mais forte que o compele a participar daquilo. Então, retorna.

— Como a senhora está bem — diz rindo enquanto estende a mão para o rapaz. Depois, cumprimenta a neta e conversa com a velha paciente. O doutor pergunta aquelas coisas de médico bonzinho. O rapaz se afasta um pouco. O médico pergunta se a senhora está feliz com a visita, e ele mesmo responde: — Claro que sim. — Naquele instante, surge alguma coisa muito especial entre os quatro. Dura muito pouco e não é o namorado, mas sim a neta, que discretamente começa a chorar.

Pedi desculpas para o colecionador e prometi que, se ele ainda estivesse disposto a trabalhar comigo, em no máximo uma semana eu mandaria um projeto com inúmeras propostas para organizar a coleção dele.

Antes mesmo de receber a resposta, porém, escrevi outro e-mail ofendendo-o. Minha mãe tinha acabado de me falar que um engenheiro colecionador de material militar escrevera para a prima da árvore genealógica atrás de dicas para localizar parentes distantes.

Algumas horas depois (desde quando tudo isso começou não estou conseguindo medir o tempo direito), encontrei em um desses fóruns na internet um longo texto dele me criticando.

Respondi imediatamente. Aproveitei para deixar claro que só um grupo de imbecis perderia tanto tempo com aquela anta. Como não conseguiria mesmo dormir direito, passei o resto da madrugada ofendendo todo mundo na internet.

Pela manhã, naturalmente, me arrependi. Tentei pedir desculpas mas minha conta tinha sido excluída. Logo cedo o telefone tocou e minha mãe, com a ingenuidade habitual, contou toda alegre que achava que a tal prima estava namorando o engenheiro dos objetos militares. Pois os dois combinam de verdade, respondi. Logo emendei que iria para Santos avaliar uma coleção de taxímetros antigos e, então, aproveitaria para tentar encontrar algo sobre o tio-avô dos selos. — Se ele tiver sido terrorista, vou descobrir.

Minha mãe respondeu que estou irreconhecível.

A coleção de taxímetros estava bem-organizada. Enquanto me servia café, o filho do colecionador me contou uma longa história. Com sono, não consegui gravar muita coisa. O pai morrera havia alguns meses e os quatro irmãos tinham resolvido chamar um especialista para avaliar a coleção. Eles estavam perdidos.

— Não é sempre que a gente acha esse tipo de bom-senso — comentei. — Vou te dar um exemplo: outro dia, fui catalogar um imenso acervo de objetos militares e encontrei, ao lado de uma farda e de alguns capacetes muito valiosos, essas miniaturas de banca de jornal. — Como notei que ele não estava entendendo nada, fiz algumas anotações rápidas sobre o acervo de taxímetros e pedi alguns dias para estudar.

Dessa vez, evitei o erro de Campinas e fui para um hotel. Alugar outra casa de fundos seria um exagero. Quero voltar à minha habitual contenção. Como àquela hora as bibliotecas já estavam fechadas, tentei dormir um pouco, mas à meia-noite eu ainda não tinha conseguido nem cochilar.

A raiva acaba aumentando nessas situações e você começa a ter certeza, mais uma vez, de que não vai dormir. Fiquei com um imenso ódio do cheiro do mar e, sem muito controle, liguei o computador. Antes de ver um e-mail da minha mãe falando de um psiquiatra ótimo, escrevi para o herdeiro dos taxímetros e avisei que tinha mais o que fazer do que ficar dando um preço para aqueles objetos bobos. E, olha, não precisa ficar passando pano até brilhar, não, seu amador. Só tirar o pó já está bom.

De manhã, mais ou menos certo de que jamais voltaria a dormir, tenso a ponto de sentir vergonha por causa das mãos trêmulas, ouvindo o coração disparado, sem conseguir respirar direito portanto, saí correndo do hotel em direção à praia. Algumas pessoas dizem que o mar acalma. Mas o cheiro carregado me nauseou. O sol começou a esquentar meu rosto, e de sapato mesmo andei um bom tempo pela areia. Comecei a sentir aquela umidade estranha nos pés. Cidades portuárias não podem ser tão movimentadas como todo mundo diz. Um barco não traz nada de novo, nem o mar. Vi um navio enorme próximo ao horizonte e minha irritação aumentou. Se estivesse a bordo de um, com certeza nunca dormiria outra vez. Eles balançam demais. Com aquele tamanho todo, respondi para mim mesmo, você se sente em terra firme. Não sei. Dei risada da minha tolice. Deitei quando a areia já tinha invadido meu sapato. Meus pés estavam incomodados, mas não soltei o cadarço. O sol começou a abrasar meu rosto. Senti um prazer estranho. Nada parecido com essa história de bronzeado. A praia estava começando a encher. O prazer, fui percebendo, tinha algo com a minha situação. Ao contrário das últimas semanas, me senti forte naquele momento. Ao mesmo tempo, era incapaz de levantar. O sol estava começando a me ferir, sobretudo nas orelhas. Mas não consegui entender se desejava outra coisa. De novo, senti raiva do André. Eu devia estar na região do porto. Eram sirenes o que ouvia, tentei concluir. Resolvi não abrir os olhos. Não me lembro se finalmente consegui dormir. Acho que não, mas não imagino que possa ter acontecido alguma outra coisa.

Ao contrário da senhora que não larga a boneca e sempre está em um dos bancos do pátio central, quando se internou no mesmo lugar o André não passou mais de cinco minutos sentado. Ele vivia uma ansiedade incontrolável. Deve ter sido esse um dos primeiros motivos de conflito com o Bin Laden: esse gordinho não para quieto. O André, ao ouvir, reagiu.

Com certeza, ele tinha notado que a neta não passava três dias sem visitar a avó. O André tinha uma espécie de radar para gentilezas. Coisa de cavaleiro templário, explicou-me uma vez. Dei risada. Acho que ele não ligou, mas depois que tudo aconteceu acabei me arrependendo: nos dias seguintes ao suicídio, muita coisa voltou à minha cabeça. Lembro-me por exemplo de como ele ficou transtornado ao, sem querer, pisar no aparelho de audição que usava. O conserto foi muito barato, eu repetia toda vez que ele voltava ao assunto.

Não sei se ele conversou com a neta alguma vez. É bem possível, já que nem nos piores momentos deixou de ser galanteador. Nas duas vezes em que a neta testemunhou as enfermeiras tentando fazer a avó andar um pouco, o André estava perto. Talvez ele tenha se oferecido para ajudar.

Como não havia ninguém responsável por ele e a internação tinha sido voluntária, meu amigo desobedeceu aos conselhos do psiquiatra e, depois de algum tempo, resolveu ir embora. Era final da tarde, ventava, e ele andou alguns quilômetros até chegar em casa. De noite, não conseguiu dormir, pensou em muita coisa, bagunçou a vida achando que a estava organizando e na manhã seguinte me ligou, bem cedo, pedindo para me visitar em São Paulo.

O André sempre gostou das minhas coisas. Quando resolvi fazer pós-graduação sobre coleções, fugindo um pouco das modas historiográficas da época, ele defendeu minha opção. Do mesmo jeito, logo que meus primeiros textos saíram na imprensa, meu amigo não aceitou a crítica de vulgarização do trabalho intelectual que comecei a receber e explicou minha vontade de dialogar com um público maior.

Ele adorava ir às minhas aulas. Quando meus minicursos se popularizaram, sempre pedia um resumo e fazia muito esforço para comparecer a pelo menos um encontro. Segundo as pessoas que limparam o quarto onde a polícia achou o corpo, o André não colecionava nada. Vinha para me prestigiar.

Ao chegar à minha casa, estava bastante inquieto. Contou-me da última instituição e da briga com o Bin Laden. Não falou da avó da boneca. Logo, perguntou das minhas coisas e sorriu um pouco antes de pedir a data de alguma aula. Mas ele não tinha como parar quieto e, de repente, abriu todo o conteúdo da mochila no chão.

Finalmente, achou o presente que tinha trazido para mim. Fiquei alarmado com a quantidade de remédios, mas ele me tranquilizou. — Está tudo bem. Na verdade — disse, olhando-me com alguma profundidade — vim proteger você. — Não entendi nada e, como estava ficando tarde, propus que saíssemos para comer. Ele falou o jantar inteiro.

Tenho muita vergonha de dizer: quando fui dormir, tranquei a porta do meu quarto. Senti medo de que ele me fizesse algum mal.

Não consegui dormir direito. O André fez barulho a noite inteira. Como os remédios davam muita sede, ele ia toda hora à cozinha e aproveitava para ligar a máquina de café. Tomou banho duas vezes e, a certa altura, assistiu televisão e depois mexeu nas estantes. Bem cedo, arrastou alguns móveis da sala e depois saiu. Achei que era a minha oportunidade para tentar dormir mas, pouco tempo depois, ouvi muito barulho na cozinha. Tive que levantar.

Sorrindo, ele disse que preparara algo para o café da manhã. Depois, perguntou da minha namorada. Expliquei que tínhamos terminado algumas semanas antes. — Você não me conta mais nada — falou, ensaiando certa amargura.

Quando sentamos para comer, parecia alegre. Não tinha sequer deitado, mas isso não o incomodava. Eu estava exausto e irritado. Ele então disse que tinha algo para me revelar. De novo, estou com vergonha de escrever. — Vou dizer algo muito importante: quem gosta e quem não gosta de você. — Além disso, contou-me o que falam do meu trabalho.

Fiquei ouvindo com algum prazer.

Sem terminar de comer, no entanto, ele levantou, pegou alguns documentos, virou o resto do conteúdo da mochila no colchão onde deveria ter dormido e saiu para reivindicar um passe de deficiente físico. Por causa dos problemas auditivos, ele não queria mais pagar condução.

Meu grande amigo tinha quebrado a máquina de café e o filtro de água. Além disso, instalara uma campainha estranhíssima no computador. Mesmo desligado, a cada onze minutos a máquina emitia um som agudo, curto mas bem alto.

Só consegui que a campainha parasse quando tirei o computador da tomada. Então, acho que dormi um pouco. Não sei dizer quanto tempo depois, o André bateu na porta rindo: não consegui o meu passe, mas fiz o almoço.

Estava bom. Meu amigo sempre foi um ótimo cozinheiro. Quando já estávamos terminando a sobremesa — que me custara um liquidificador quebrado —, ele me disse que precisava falar outra coisa muito importante.

Fiquei com vontade de recusar: não, André, não aguento mais. No entanto, de novo me dispus a ouvi-lo. Ele descobrira no YouTube uma pessoa que estaria tentando se passar por mim. Para não dar muito na vista, o espertinho diz que mora em Londres.

— O que ele está fazendo?

— Como você tem o sono pesado, à noite ele vem aqui, entra na sala com um violão e grava vídeos cantando as músicas que você adora. O fundo é a estante de madeira. Inclusive, ele deixa muito visível a coleção de selos.

— E por que alguém faria isso?

— Para acabar com a sua reputação, Ricardo. Como canta muito mal, as pessoas reconhecem a música, a sua sala e a coleção de selos, e com certeza acham que você enlouqueceu. Garanto que, mesmo que ainda não tenha percebido, você já perdeu alguns clientes. Mas pode deixar, fiz um plano e estou montando guarda à noite. Vou te proteger, meu amigo.

— André, eu não coleciono selos há muitos anos.

Com a desculpa de que precisava trabalhar, saí para a rua. Li um pouco e depois fui ao cinema. Dormi o filme inteiro.

À noite, aceitei assistir com ele aos vídeos. De fato, a seleção de músicas do tal Richard é de muito bom gosto. Ele se senta em uma mesinha parecida com a que eu tenho e interpreta alguns clássicos do rock de um jeito patético. Atrás há uma estante muito parecida com a minha. Quem congela a imagem percebe, com algum esforço, um volume com a palavra *stamp* escrita à mão na lombada.

Mostrei para o André que, apesar da curiosa coincidência, não existe nenhuma chance de aquela ser a minha sala. Além disso, os livros são todos em inglês. Irritado, ele resmungou que o cara com certeza maquiava a estante à noite.

Sem dar mais corda, respondi que não iria jantar e me tranquei no quarto atrás de algum sossego. Adormeci, mas não por muito tempo: outra vez ele deu a impressão de sequer deitar e passou o tempo inteiro fazendo barulho. Nos intervalos, eu cochilava alarmado. Será possível que meu amigo passaria quarenta e oito horas sem pregar os olhos?

Quando saí do quarto, ele estava tentando arrumar a torneira do filtro. O forno de micro- -ondas também tinha quebrado. Parece que além disso havia um defeito no computador. Gritei quando vi que os móveis da sala estavam todos fora do lugar.

Comecei dizendo que não aguentava mais aquela loucura. Também o lembrei aos berros de que não colecionava selos. Depois, falei que ele estava tentando chamar atenção. Por fim, disse que eu iria voltar na hora do almoço e que então queria achar meu apartamento em ordem. E tudo consertado. Ele apenas repetia que era meu amigo.

Quando voltei, perto da hora do almoço, encontrei a sala do mesmo jeito: toda bagunçada. O André estava no quarto, sentado no colchão, cortando a pele com um canivete. Lembro-me perfeitamente da lâmina acizentada entrando na pele da mão esquerda dele. Fiquei perplexo por alguns segundos e depois gritei que ele não faria aquilo na minha casa.

Fui até o interfone, pronto para pedir que o porteiro chamasse a polícia. Mas o André se levantou, repetiu duas ou três vezes que era meu amigo e veio caminhando com o canivete nas mãos, na minha direção. Não consigo lembrar direito. Ou melhor: tenho vergonha.

Peguei uma cadeira para me proteger. — Mais um passo e eu te acerto. — Ele jogou o canivete no chão e, com os olhos muito vermelhos (eu acho), começou a falar que nunca me faria mal.

Devo ter sentido uma leve tontura. Enquanto murmurava alguma coisa, o André arrumou a mochila, recolheu tudo e foi embora pela porta da cozinha. Não me lembro se ele se despediu.

Fiquei horas louco de raiva. Meu apartamento estava todo quebrado. Eu não trabalhava fazia tempo. Enquanto descobria que não precisaria tirar o telefone do gancho para dormir (ele o deixara mudo), achei que talvez tivesse perdido o amigo.

Dormi por muito tempo. Até hoje não pego no sono se a porta não estiver trancada.

Não consigo estabelecer direito o que aconteceu depois. Estava com muita raiva. Devo ter dado um jeito para arrumar ao menos uma parte do que ele tinha destruído. Se não me engano, comecei a dar um curso novo. Pode ser que não.

Eu andava para cima e para baixo, nervoso e sem saber muito bem o que fazer. Pensava em telefonar para pedir desculpas, mas isso poderia fazer com que ele quisesse voltar ao meu apartamento e destruí-lo de novo.

De algo, jamais vou esquecer: no meio da semana, ele me ligou: — Ricardo, vou me internar de novo. Fica de olho em tudo.

Não suportei. Fica de olho em quê, pensei em gritar. Fica de olho em quê, meu Deus? Ele repetiu: — Vou me internar de novo, Ricardo. Cuida para não acontecer nada.

Disso tenho certeza.

Então repeti, com a vista escura e cheio de medo de não conseguir ficar em pé (minhas pernas enfraqueceram), que não aguentava mais.

Um dos dois bateu o telefone. Tirei o fio da tomada. Não vou conseguir terminar este capítulo.

Do que aconteceu com o André nos dias seguintes, sei pouco. Ele tinha me falado algo sobre autores de ficção que poderiam ilustrar suas aulas de história. Não dei muita bola: gosto de ler, mas prefiro textos teóricos. Se não fosse historiador, talvez partisse para a filosofia.

Ele me contou que estava começando a ler um certo Roberto Bolaño e pediu para irmos a uma livraria. — Claro que sim — respondi, mas depois esquecemos.

A polícia, quando invadiu o quarto onde ele vivia, encontrou o corpo enforcado ao lado do livro *Noturno do Chile*, de Roberto Bolaño, ainda dentro da sacola da livraria.

Ninguém conviveu com ele nesses últimos dias. Eu, ao menos, desapareci porque não aguentava mais. E confesso: fiquei com medo.

Ele alugava um quarto e cozinha para estudantes. Apesar de já ter se formado, ainda vivia sob alguma proteção da universidade. Acredito que tenha sido lá dentro que passou a maior parte do tempo.

Quando saía à rua, não conseguia se comunicar direito com as pessoas. As intenções dele jamais eram compreendidas. Não é nada disso, ele se repetia, remoendo. De repente se animou e saiu para comprar o livro. Na loja tentou conversar com a vendedora, mas ela não entendeu direito. Voltando para casa, o mal-entendido o perturbou muito. Ele colocou o livro na mesa, fez o nó com a corda que estava na gaveta da escrivaninha, pendurou-a na viga do telhado, subiu em uma cadeira e se enforcou.

O meu grande amigo pensava nisso havia muito tempo.

Algumas horas depois, o telefone celular dele tocou. A polícia identificou o número: era um telemarketing. Ninguém mais o procurou. Ninguém se deu conta de que ele tinha sumido. Minhas pernas tremiam quando o meu telefone tocava. Por duas ou três vezes, nos dias seguintes à visita que destruiu meu apartamento, deixei de atender.

Depois, achei que ele tivesse resolvido me deixar em paz.

Ele tinha se enforcado.

Quando o cheiro ruim começou a incomodar as pessoas que moravam perto, alguém chamou a polícia. Não sei quais são os procedimentos quando esse tipo de coisa acontece. Devem ter simplesmente arrombado a porta e encontrado o corpo já enforcado por vários dias. O corpo gordo do meu velho amigo André.

A polícia encontrou o corpo e, em cima da mesa, uma sacola de livraria com aquele romance latino-americano. Tentei, mas depois de tudo isso jamais consegui lê-lo.

Nesse mesmo dia, recebi uma ligação. Ricardo, o André se enforcou. Ricardo, a polícia achou o corpo do André enforcado. Já faz alguns dias. Ricardo, o seu amigo. Ricardo, você, Ricardo, o André, Ricardo. Enforcado, Ricardo. O André se enforcou, Ricardo.

Saí andando e cruzei todo o bairro de Pinheiros a pé várias vezes. Não sei se gritei. Acho que sim: estava com ódio. O André tinha se revelado o maior filho da puta do mundo. Devo ter entrado em uma igreja católica. Fiquei na rua até de madrugada. Nunca mais dormi.

Meu rosto ficou muito vermelho, mas a sensação de queimado que mais incomoda é nas orelhas. Na testa também é desagradável, porque com o suor a reação imediata é esfregar as mãos na pele. Dói. Depois que acordei na praia desse jeito, demorei algumas horas para acostumar. Resolvi não entrar na água. Voltei para o hotel, comi alguma coisa e saí para comprar uma loção para a pele. A balconista da farmácia insinuou que talvez fosse melhor ir ao hospital. Insinuei que talvez fosse melhor ela ir à merda.

Telefonei para o herdeiro dos taxímetros e disse que não cuidaria daquela bosta. Vende para um desmanche, idiota. Eu queria perguntar uma coisa: por que vocês herdeiros querem sempre vender tudo? Porque vocês herdeiros só pensam em dinheiro.

Fui direto à Fundação Arquivo e Memória de Santos. Pedi à mulherzinha que me atendeu todos os registros que pudesse haver sobre a presença de terroristas na cidade. Então, sua tonta, vou explicar melhor. Meu tio-avô trocou cartas, durante toda a década de 1970, com uma pessoa que vivia em Santos. Desconfio que essas cartas tenham ligação com o terrorismo. Não sei o nome da pessoa, minha senhora. Também não sei o endereço. Então a senhora vá tomar no cu.

Como a maior biblioteca de Santos também é uma merda, voltei para São Paulo. Caí na besteira de atender o telefone e minha mãe insistiu em me visitar. Expliquei que não poderíamos nos ver porque eu viajaria para o Líbano a trabalho. Ela começou a chorar e eu bati o telefone.

Evidentemente, minha mãe viria até a minha casa. Eu não tinha muito tempo. Juntei algumas trocas de roupa, arranjei material de anotação, deixei instruções com o zelador e em meia hora estava dentro de um táxi rumo ao aeroporto. Por sorte, o Líbano permite que viajantes de diversos países solicitem o visto no desembarque, no aeroporto de Beirute. Consegui, por causa disso, evitar uma discussão com a minha mãe que provavelmente seria muito desagradável.

Troquei algum dinheiro no aeroporto e, com o cartão de crédito cujo limite parecia infinito, comprei uma passagem para Frankfurt. Aguardei o embarque indo a cada meia hora olhar meu rosto no espelho do banheiro. É só impressão minha ou a vermelhidão parece ter aumentado? Um pouco antes de entrar no avião, achei que estava com febre.

Mesmo assim, dormi bastante. Quando acordei, estávamos quase chegando. Mais tranquilo, resolvi fazer uma lista do que precisaria providenciar em Frankfurt: a) comprar um guia de turismo do Líbano; b) encontrar um hotel e mandar um e-mail solicitando uma reserva; c) providenciar a passagem para Beirute; d) telefonar para minha mãe pedindo desculpas; e) explicar para ela que colecionadores não gostam de esperar e que a oportunidade era muito boa para mim; f) pedir contatos de possíveis parentes no Líbano; g) pensar em lugares de pesquisa genealógica em Beirute; h) ver se aquele site de discussão sobre colecionismo continua me agredindo; i) se sim, responder à altura; j) conferir a situação do meu rosto; k) se estiver muito grave, pensar em algo para fazer; l) muitos alemães são vermelhos, eles devem portanto estar preparados para isso; m) comprar pasta de dente, pois acho que esqueci.

Cheguei melhor à Alemanha. Não me sentia tão bem-humorado havia muito tempo.

No aeroporto, comprei um guia de turismo do Líbano e um livrão de Robert Fisk sobre a história do país dos cedros. Só então, lembrei-me dos conflitos. Corri até o guichê de passagens e descobri, aliviado, que o aeroporto de Beirute tinha reaberto alguns meses antes. Por sorte, havia um voo naquela noite. Teria que esperar apenas doze horas.

Achei um serviço de internet. Claro que havia um e-mail da minha mãe. Dessa vez ela tinha reforçado os apelos: até meu irmão que mora na Austrália me escrevera. Da minha irmã médica, vi duas mensagens. Resolvi não ler nenhuma e respondi para a minha mãe explicando que tinha sido convidado para assessorar um grupo de filatelistas árabes que se reuniria em Beirute.

Pedi desculpas por tudo e disse que na volta levaria um presente para a prima da árvore genealógica. Aproveitando, se minha mãe pudesse mandar um ou dois endereços de parentes em Beirute, eu gostaria de visitá-los. Tenho sentido falta da minha família.

Mandei um e-mail para um hotel que me pareceu razoável em Beirute. O fórum de discussão on-line tinha me esquecido. Meu rosto me pareceu um pouco melhor. Notei que, na Alemanha, ninguém reparava no meu problema. Comi alguma coisa e, antes de cochilar no aeroporto até o embarque, passei umas boas horas lendo sobre o Líbano. Talvez eu possa começar uma coleção de selos sobre os conflitos do país. Seria preciso ficar atento às referências indiretas, claro. Colecionadores adoram detalhes.

Consegui dormir o voo inteiro. Quando despertei, o avião taxiava no Aeroporto de Beirute. Minha insônia tinha passado. Por causa da excitação, levantei-me antes da hora e levei uma bronca do comissário.

A passagem pelo controle foi tranquila. Brasil e Líbano têm uma relação amigável há muito tempo. Expliquei que sou especialista em coleções e que tinha vindo atrás de um certo material. Além disso, minha família é de origem libanesa e quero conhecer um pouco mais da história dos meus antepassados. O oficial sorriu e carimbou meu passaporte.

Tomei um táxi do aeroporto direto para o hotel. Achei a cidade melancólica, mas creditei a impressão ao cansaço. Depois de me registrar, subi ao quarto, abri a janela e reconheci, a uma distância não muito grande, a Tent city. É uma espécie de acampamento encravado em Beirute onde vivem desabrigados do conflito do Oriente Médio, alguns ativistas e, dizem, membros do Hezbollah. Seria um lugar importante para pesquisar as atividades suspeitas do meu tio-avô.

Mas naquele momento o sono voltou. Olhei as horas e tentei fazer um pouco de força para esperar acordado até anoitecer. Pedi um lanche. O que aconteceu depois não está claro na minha memória. A comida chegou, acho que coloquei a bandeja na mesinha do quarto e peguei no sono. Acordei no dia seguinte com uma gritaria infernal na rua. Se não foi isso, houve alguma confusão no corredor do hotel.

Comi o lanche para não perder tempo com o café da manhã e saí para conhecer Beirute.

Como se afastou para a avó não vê-la chorando, a neta está a poucos metros do André. A garota cobre o rosto e a delicadeza do gesto chama a atenção do meu amigo. Ele se aproxima e diz, murmurando no mesmo tom com que garantiu que não me faria mal, que tudo vai ficar bem.

A neta percebe que o André compreende a dor que quase lhe tira o equilíbrio e apoia o corpo na lateral do dele. Na mesma hora, olha de novo para a avó e, como não suporta, começa então a chorar sem muito controle. O André a ampara e, já que sempre sofria com a dor dos outros, também não segura as lágrimas, o que a faz não ouvir os pedidos dele: — Não chora, por favor. — A moça continua com o corpo trêmulo. Meu grande amigo sente a dor dela e acha que precisa ajudá-la.

Só por isso, senhor Deus, o André merece ir para o céu.

Quando a neta chegou, três enfermeiras estavam justamente tentando fazer a avó andar um pouco. Agarrada à boneca, ela conseguiu se levantar. Então, uma enfermeira explicou: — Vovó, coloca um pé à frente. — Mas ela não sabe o que é pé. Outra enfermeira se agachou e empurrou o pé esquerdo da avó. A neta, que tinha ido até lá porque jamais deixaria a avó sozinha, nesse momento encostou o rosto no ombro do André e os dois colocaram para fora a maior dor do mundo. Atrás, quatro ou cinco internos, todos com uma mania maluca ou alguma coisa errada na cabeça, também estavam olhando, sem saber se amparavam a neta e o André ou ajudavam as enfermeiras com a vovó. Essas pessoas, senhor Deus, merecem ir para o céu, mesmo que acabem se matando.

Resolvi andar. Percorri distraído toda a extensão da rua do hotel. Na cabeça, fiz alguns planos para os dias seguintes. Também, como sempre, lembrei-me do André: ele adorava ouvir-me contando as minhas viagens. Certa vez, passei horas com ele conversando sobre um colecionador que mantinha, na Amazônia, uma coleção enorme de material relacionado à história dos jogos olímpicos.

Quando virei à esquerda, porém, achei melhor me concentrar na cidade e nas pessoas que cruzavam comigo. Os moradores de Beirute pareciam tensos. É verdade que tinham acabado de se livrar de mais um conflito. Mesmo assim, eu esperava ao menos um resquício do cosmopolitismo de que todo mundo falava. Cruzei com alguns jovens um pouco mais animados e cheguei à rua dos cafés. Sentei em um deles e a garçonete, bonita mas com o rosto carrancudo, atendeu-me sem perguntar de onde eu vinha. Estava ansioso para dizer que do Brasil. Não foi dessa vez.

Voltei à rua, virei duas esquinas e acabei caindo em uma travessa mais estreita. Na parede, identifiquei entre diversas pichações em árabe o rosto de Gemayel Bashir. A uns três metros, reparei que dois rapazes me olhavam. Fiquei com vontade de dizer que sou brasileiro, mas eles responderam de um jeito estranho ao meu aceno e resolvi então voltar às avenidas maiores. Caminhei mais uma hora e comecei a sentir muito sono.

Eu passara apenas três horas acordado. No quarto do hotel, tentei continuar lendo o livro que comprara na Alemanha, mas dez minutos depois já tinha adormecido. Não sei quanto tempo demorei para acordar. Ao despertar, senti o corpo muito pesado e fiquei imóvel. Alguma coisa me prendia à cama.

Percebi que estava muito coberto e que o suor tinha empapado o pijama. Tirei toda a roupa e deitei de novo. De olhos fechados, outra vez senti meu coração disparar. Quando os batimentos se acalmaram, dormi. Acordei com o mesmo barulho de antes: alguém gritava na rua ou havia uma confusão no corredor do hotel. Forcei os olhos e enxerguei quatro horas e trinta da manhã no relógio do quarto. Tomei um banho e liguei o computador.

Minha mãe se dizia preocupada, mas contente com a minha iniciativa de procurar nossos parentes. Recomendando que não os importunas-

se com besteiras, passou-me um e-mail e um número de telefone.

O telefone seria da família de um dos irmãos do meu bisavô. O e-mail era de um arquiteto
com o nosso sobrenome e que já tinha feito contato conosco no Brasil alguns anos antes. Ninguém
conseguiu precisar, muito menos ele, nosso grau
de parentesco. Segundo minha mãe, ele entendia
bem inglês. Quanto aos parentes do irmão do meu
bisavô, não sabia de mais nada.

Escrevi para o arquiteto e procurei algumas informações sobre o colecionismo no Líbano.
Não encontrei nada de mais, apenas notícias vagas
sobre uma feirinha ocasional. Quando o relógio
mostrou finalmente o horário do café da manhã,
estava de novo com muito sono.

Acordei com fome no meio da tarde. Antes de pedir um lanche, fui olhar os e-mails. Minha irmã queria saber como eu estava, minha mãe mandava outro número de telefone e o arquiteto me pedia para procurá-lo no celular. Liguei imediatamente e ele, muito simpático, marcou um café para o final do dia "na região mais animada da cidade".

Eu não via clima para badalação, mas aceitei. Logo avistei meu parente. Por trás de uma mesa, ele acenou e depois me chamou pelo nome:

— Ricardo Lísias.

Levantou-se e veio me abraçar. Tentei parecer feliz, mas continuava com muito sono. O jeito foi dizer a verdade: não estou conseguindo ficar acordado direito. Quando me respondeu que superar o fuso é mesmo difícil, senti que talvez tivesse na minha frente um amigo. Contei toda a história do André, inclusive que ele tinha pedido ajuda e eu, assustado, batido o telefone. Senti vontade de chorar e meu parente percebeu. Por isso, pediu água com açúcar.

— Mas não estou nervoso — expliquei. Desde que cheguei a Beirute, não consigo me livrar do sono. Para me distrair, amigável e compreensivo, resolveu mudar de assunto e conversar sobre a família. Decidi ser direto e falei que descobrira fortes indícios de que um tio-avô tinha ligações, a partir do Brasil, com o terrorismo no Oriente Médio. Meu parente ficou branco.

— Vim para cá esclarecer isso. Você conhece alguém que possa me ajudar nessa questão do terrorismo? — Com o braço tremendo, pediu-me o número de telefone do hotel e disse que precisava ir. — Volto a fazer contato — garantiu.

Voltei para o hotel de táxi e acabei dormindo de roupa mesmo. Um dos problemas desse estado intenso de sonolência é a bagunça nos horários. No dia seguinte, acordei só depois do meio-dia. Se não fosse a fome, talvez continuasse dormindo.

Um colecionador argentino, com quem de vez em quando converso, enviou-me o nome de um grande colecionador de objetos e papéis ligados aos conflitos que o Líbano viveu na década de 1980. Professor de história, eu o encontraria na Universidade Americana de Beirute.

Procurei o endereço na internet e, de volta à rua, com três ou quatro perguntas, cheguei à frente da sala do professor Said Nahid. Ele terminou de atender uma aluna e, curioso, pediu-me para sentar enquanto tentava tirar uma xícara de café de uma máquina velha.

Antes de começar a me falar da coleção, revelou-me que tem muita vontade de conhecer o Brasil. Depois, contou que coleciona de tudo sobre aquele período trágico. Talvez os objetos mais valiosos sejam as insígnias dos tantos exércitos, particulares ou não, que tinham lutado na história recente do Líbano.

Gentil, mostrou-me fotos e descreveu outros objetos. Também se ofereceu para me apresentar a um grupo de filatelistas que se reúne na universidade uma vez por mês. Quando já tínhamos conversado por mais de uma hora e ele manifestou preocupação quanto à vermelhidão do meu rosto, achei que era o momento de abrir o jogo: — Tenho quase certeza de que um tio-avô meu teve algum tipo de contato com grupos terroristas nos anos 1970. Estou aqui para esclarecer isso e preciso que alguém me ajude. — Nahid desistiu da segunda xícara de café, trancou a sala e prometeu voltar a fazer contato comigo. Eu não devia mais retornar à universidade, porém, pois ali ele só atendia alunos.

Meu rosto continuava vermelho, embora a sensação de queimadura tivesse se aliviado desde que eu desembarcara no Líbano. No banho, coloquei-o embaixo do jato de água e percebi que a falta de dor se devia ao sono. A pele ainda estava sensível.

Apesar de fazer muita força, não aguentei e dormi. Quando acordei, tive a impressão de que as horas passavam em câmera lenta: ainda não eram nem seis. Desci até a portaria do hotel e pedi ajuda com os telefones que minha mãe tinha mandado. Ele discou e me passou o aparelho. Ouvi uns dez toques de chamada e ninguém atendeu.

O segundo número, porém, não tocou nem três vezes e uma voz feminina disse algo. Identifiquei-me em inglês e a voz continuou falando em árabe. Pedi ajuda para o rapaz, mas ele também não me compreendia direito. — Então vai tomar no cu — falei ao telefone, despedindo-me da minha parente.

Para não perder a viagem, e sabendo que se voltasse ao quarto inevitavelmente dormiria, resolvi explicar para o garoto que eu tinha vindo ao Líbano investigar a provável participação de um tio-avô em grupos terroristas na década de 1970.
— Será que você não conhece alguém que possa me ajudar?

Alguma coisa ele entendeu, pois com o lábio inferior levemente trêmulo, balbuciou três palavras e entrou numa sala. Esperei meia hora e, como ele não voltou, percebi que teria que resolver sozinho o problema do terrorismo.

Desisti do café da manhã e caminhei umas três horas. Não me lembro de muita coisa. Eu estava com muito sono. Passei perto de dois ou três campos de refugiados e com certeza contornei a Tent city.

Minha memória começou a clarear quando dei de cara com os grafites e o desenho do rosto de Gemayel Bashir que tinha visto no primeiro dia. Não havia ninguém e então cruzei a travessa até chegar a algumas ruazinhas estreitas. Não tive coragem de bater em nenhuma porta e continuei me embrenhando. De repente, dois rapazes me pararam e, com raiva, perguntaram-me o que eu queria.

Era uma chance e, como eles pareciam compreender bem o meu inglês, contei toda a história do meu tio-avô. — Preciso conversar com alguém que conheça o terrorismo na região.

Sem mudar a expressão do rosto, os dois me pediram para acompanhá-los. Depois de várias pequenas travessas, cruzamos um portão e caímos em um pátio de areia. Entrei em uma sala, depois em outra e por fim me colocaram sentado em uma terceira. Trouxeram água e achei que tivesse dado sorte.

Logo voltaram e com alguma violência colocaram uma algema nos meus braços. Depois, vendaram-me e começaram a gritar algo que o medo já não me deixava entender. Senti o cano de um revólver no lado direito da minha cabeça, bem acima da orelha. Contaram até três e nesse momento meus intestinos se soltaram.

Ficaram furiosos e me empurraram sem tirar a venda por uns dez minutos. Quando me soltaram, eu estava na travessa de uma grande avenida. A merda tinha ficado pelo caminho, mas minha calça estava suja e minhas pernas, pegajosas. Não tinham me roubado. Entrei em um táxi e dei o endereço do hotel. Quando o taxista notou o meu estado, já não tinha mais como me colocar para fora do carro, mas fez a corrida inteira me agredindo.

Subi até o quarto do hotel com a vista escurecida. Tenho a sensação de que o saguão estava cheio. A viagem de elevador é um pesadelo para mim até hoje.

Deixei as roupas sujas na porta do banheiro e abri o chuveiro. Não senti as queimaduras no meu rosto. O medo tinha deixado minhas pernas fracas e não consegui ficar em pé. Quando me deitei na banheira, notei que estava gritando.

Com receio de chamar atenção e de, talvez, ser localizado pelos rapazes do revólver, fiz um enorme esforço para ficar em silêncio, mas consegui apenas chorar um pouco mais baixo. A merda nas minhas pernas estava escorrendo, mas eu não sentia nenhum alívio.

Ainda chorando, veio-me à cabeça muito do que eu tinha feito junto com o meu amigo. As duas vezes em que ele cheirou cocaína comigo por causa de um amor bobo, a casa de massagem onde a gente ia, eu atrás de ninguém e ele da Aline, o jeito que ele me abraçou depois da defesa de doutorado. Tudo o que nós dois, os grandes amigos, fizemos de bom e de ruim. Eu chorava porque não esquecia a voz do meu amigo pedindo para passar o fim de semana em casa, depois o rosto dele deformado pelos remédios, me ajuda, Ricardo, mas eu estava esgotado, amigão. Eu chorava lembrando as ideias dele sobre os templários, como ele se dizia um grande professor, ele era muito novo e foi para o hospício, meu grande amigo, mas eu chorava sobretudo porque sozinho, muito sozinho com a sujeira escorrendo pelo ralo do banheiro de um hotel do Líbano, tinha acabado de descobrir quem eu sou de verdade: um bosta, deixei meu grande amigo André se enforcar.

Quando o dia clareou, fui com as malas feitas ao aeroporto. Encontrei uma passagem para Amsterdã, de embarque quase imediato, mas, quando passei o cartão de crédito, o vendedor me informou que ele estava bloqueado, provavelmente por causa do limite estourado. Telefonei para minha mãe, expliquei que queria voltar antes do previsto para o Brasil e pedi ajuda.

— Claro, filho, mas antes quero te dizer algumas coisas: você é um ótimo filho, só que se tornou mimado e arrogante. Você não ouve ninguém, Ricardo, atropela todo mundo e se sente o dono da verdade. Você não vê o tanto que seus irmãos gostam de você e não ouve nada do que as pessoas dizem. Você sempre se achou melhor que os outros, nunca aceitou os próprios limites e quando é contrariado age como um moleque. Ninguém podia evitar o que aconteceu com seu amigo, Ricardo. Vou dar o dinheiro, mas, quando você chegar ao Brasil, vai a um psiquiatra e vai respeitar a sua família. Agora você vai virar um adulto e não esse moleque arrogante. E outra coisa: o seu tio-avô nunca foi terrorista, Ricardo: ele deixou um filho perdido no Líbano, seu tonto, ele estava tentando procurá-lo e sofria muito por causa disso. Se você respeitasse um pouco mais as pessoas e esquecesse um minuto o próprio umbigo, compreenderia os sentimentos dos outros. Agora volte para o hotel e me espere depositar o dinheiro da passagem. Amanhã você compra, mas quando chegar vai direto ao médico.

Registrei-me em um hotel diferente. Na minha fantasia, dessa forma os caras do revólver não me encontrariam. Continuava com sono, mas não dormi. Resolvi andar. Depois de três avenidas, percebi que não conseguia passar mais de dois minutos sem olhar desesperado para os lados e para trás. E se eles estivessem me perseguindo?

Reparei que estava em frente a uma igreja e, talvez para me sentir protegido, entrei. O interior era lindo. Quando ainda prestava serviço para colecionadores de arte, estudei alguns objetos sacros. Havia coisas de valor ali.

Sentei-me em um dos bancos mais afastados do púlpito e em dois minutos caí no sono. Aos poucos, meu corpo foi se curvando até que acabei deitado. Não sei quanto tempo fiquei dormindo.

De repente, senti que, bem de leve, a mão de alguém tentava me erguer. Com o pouco dos olhos que consegui abrir, reparei que um senhor muito idoso estava me colocando ajoelhado.

— É desse jeito, meu filho.

O Velho deixou-me ali e, muito curvado, saiu caminhando pelo corredor da igreja até desaparecer por uma entrada lateral. Não tive forças para me levantar e deitar de novo. Preferi continuar ajoelhado.

Passaram-se alguns minutos e então senti necessidade de respirar fundo. Quando enchi os pulmões a igreja se encolheu. Talvez eu é que tenha me expandido até que meus braços assumissem a extensão das paredes. Estava muito forte, mas mesmo assim não consegui me levantar. Minha vista enxergou um clarão que se empalideceu muito rapidamente, e o Velho passou duas ou três vezes perto de onde eu estava. Na minha frente, um pouco atrás do Velho, na última vez em que Ele apareceu, o André acenou para mim de um jeito quase imperceptível.

Com a promessa de finalmente me tratar, minha mãe me mandou o dinheiro da passagem. Consegui um voo, naquela noite mesmo, até Paris. De lá, outro para São Paulo seria fácil.

No pouco tempo em que fiquei acordado voltando ao Brasil, a saudade de tudo transformou-se em uma espécie de sentimento de vitalidade. Eu queria falar com as pessoas, retomar projetos antigos, refazer amizades e quem sabe arrumar uma namorada nova. Eu e o André sempre falávamos sobre as mulheres que a gente namorava. Às vezes éramos um pouco maldosos, mas logo assumíamos de volta a posição de cavaleiro templário e, eu, o escudeiro irônico.

O sono também foi diferente dos outros que me derrubaram no Líbano. Enquanto dormia, senti meu corpo pregado à poltrona, ouvi movimento dos comissários de bordo e, inclusive, o som abafado e constante do avião. Tudo isso me protegia.

No aeroporto, minha mãe tinha trazido minha irmã para me esperar. Até hoje, não consegui desvendar o que significava a expressão no rosto da minha mãe. Minha irmã olhava-me com dó. Esse tipo de sentimento costuma irritar, mas não foi o que aconteceu comigo: senti-me acolhido.

Minha mãe perguntou se eu estava bem e, depois da minha resposta, repetiu que eu tinha que ir ao médico.

— Vou, mas antes quero visitar uma igreja.

As duas me olharam espantadas. Minha família sempre foi religiosa, mas eu tinha deixado qualquer crença para trás aos dezesseis anos.

O namorado concorda: a avó parecia mesmo pior. Quando os dois chegaram, ela não estava no banco de sempre, embaixo da maior árvore do pátio, mas sim em uma cadeira de rodas na porta do corredor onde ficava o quarto em que as enfermeiras a colocavam para dormir todo dia. A garota deu o mesmo beijo de sempre no rosto da avó, passou com calma as mãos nos cabelos lisinhos dela e notou algo estranho nos olhos. Estavam mais distantes.

— Vamos ficar noivos, vovó. Ele até arrumou um emprego. — Nesse momento, o rapaz se afastou, pois sentiu outra vez aquela vontade desagradável de chorar. A neta achou bom, assim poderia contar algumas coisas para a vovó. Ela nunca respondia, nem fazia gesto algum, mas a garota sempre saía com a sensação de que a avó tinha entendido tudo e, mais ainda, estava muito feliz. Dessa vez, a sensação foi outra. Mesmo assim ela e o noivo ficaram a tarde inteira.

— Ele vai trabalhar em um cartório até se formar, vó.

Quando voltou para casa, a menina finalmente teve coragem de dizer para os pais tudo o que segurava desde os quinze anos: a avó poderia sim morar com eles, se precisasse ela tomaria conta todos os dias, eles a tinham abandonado e iam uma vez por mês fazer uma visita por causa da culpa. E quando ouviu que os pais pagavam uma casa de repouso cara, casa de repouso merda nenhuma, e se vocês querem saber mais, vou dizer: você e a mamãe, no dia que vocês dois precisarem de mim, eu e o meu noivo já combinamos que vamos cuidar de vocês até o último dia, vocês não vão para o hospício chique não, não tenham medo, desgraçados.

Procurei a igreja protestante que minha família tinha frequentado quando eu era menino. Achei no site o horário em que o pastor "dava atendimento" e, sem marcar antes, resolvi procurá-lo. Fazia dois dias que estava no Brasil, o problema do sono ainda não tinha se resolvido, mas eu já estava conseguindo organizar mais ou menos o dia. Minha mãe passou o telefone de um psiquiatra que, segundo ela, era moderno, jovem, entendia de psicanálise e tinha reserva a remédios controlados.

Passei pela lateral da igreja e não achei o pastor no salão principal. Vi duas salas, entrei em uma e na mesma hora ele atendeu o telefone na outra. Aguardei o fim da ligação e bati na porta. Ele me olhou curioso e me apresentei: — Sou de uma família que frequentou essa igreja há alguns anos e gostaria de conversar com o senhor.

Prestativo, ofereceu-me café, água e chá. Minhas mãos tremiam e suavam um pouco. Sentei-me e comecei a explicar que tinha descoberto, não por acaso, que na verdade os suicidas não são tão pecadores assim e que muitos vão diretamente para o céu.

Sem me perguntar como eu sabia disso, ele me olhou com um rosto de piedade e começou a dizer que o suicídio, por mais dolorido que fosse o sofrimento do pecador, é uma das faltas mais graves e exigirá, não lembro os termos exatos, um esforço muito grande da alma desgarrada e infiel para se expiar.

— Olha aqui, seu filho da puta, não sei como vocês dessas religiões saem por aí fazendo propaganda de Deus, você já viu Deus?, me responde, seu filho da puta: você já viu Deus? Então vai tomar no cu. Vai todo mundo tomar no cu.

Saí furioso da igreja enquanto o pastor, de longe, pedia perdão pelos meus palavrões. Para mim, já estava se tornando um hábito: gritei na rua, sentei em uma praça e comecei a chorar. — Esses filhos da puta não conhecem Deus. — Eu alternava um soluço muito forte com os berros: — Esses filhos da puta não conhecem Deus.

Duas senhoras se sentaram ao meu lado, repetindo o que foi meu filho várias vezes, até uma delas tocar de leve as minhas costas com uma das mãos. Meu corpo se acalmou.

Ficamos os três em silêncio e senti um enorme conforto na companhia delas. Pessoas idosas que se sentam ao lado de um homem de trinta e quatro anos que não consegue parar de chorar irão, independentemente de qualquer coisa, para o céu. Não importa o jeito como morram. Agradeci e esperei que uma delas me colocasse ajoelhado. Como nenhuma das duas ensaiou fazer isso, levantei-me e, dizendo obrigado de novo, ameacei ir embora.

Respira fundo, a mais baixinha falou. E descansa um pouco, ouvi da outra. Perguntei se elas acreditavam em Deus. As duas se ofereceram para ir comigo até minha casa, mas eu estava mais calmo e falei obrigado pela terceira vez. Obrigado, obrigado, obrigado.

Em casa, deitei-me e tentei, a todo custo, lembrar o rosto do Velho na igreja de Beirute. Não consegui. Procurei reduzir toda a minha sensação física ao ponto das costas onde Ele tinha tocado, mas também não senti nada. Por fim, ajoelhei-me. Outra vez o rosto Dele não voltou. Pensei em rezar, mas desisti logo: não consegui descobrir como começar.

Então, liguei para o psiquiatra e marquei uma consulta.

Tentei trabalhar em um relatório para uma prefeitura que está querendo organizar um museu com alguns colecionadores da cidade, mas não consegui. Em intervalos mais ou menos regulares meu coração disparava. Se me concentrava em um parágrafo, o seguinte não fluía de jeito nenhum.

A consulta ficou marcada para a manhã do dia seguinte. Liguei de novo explicando que se tratava de uma emergência, mas a secretária respondeu que o médico já tinha ido embora. Só amanhã mesmo, concluiu com a voz esterilizada.

Muito tenso, resolvi sair para andar, mas na esquina reparei que, se continuasse na rua, logo começaria a gritar e a chorar de novo. Nessas ocasiões, a dor se intensifica quando a gente descobre que, por pior que o nosso rosto esteja, é difícil alguém olhar. Se tivermos sorte, duas velhinhas.

Como começo a rezar?, perguntei-me em casa. Ajoelhado, forcei a memória até o limite, mas o rosto do velho Padre da igreja de Beirute não voltou. — Deus, me ajude. — Senti algo muito forte enquanto tentava recuperar a imagem do André acenando, mas também não consegui. Outra vez, flashes de trechos da minha vida começaram a voltar e, sem nenhuma ordem, encheram-me de saudades.

Senti uma vontade imensa de que uma pessoa muito idosa tocasse as minhas costas no mesmo ponto em que o Velho tinha me colocado de joelhos. Como faço para rezar?, repeti quando me deitei para dormir. Não preguei os olhos a noite inteira e cheguei ao consultório uma hora antes do previsto. Dei com a cara na porta.

Pontual, o psiquiatra veio até a sala de espera me receber. Ele é alto, mais ou menos da minha idade, e tem o rosto amigável mas ensaboado demais. A barba parece bem-feita, sinto o cheiro de um perfume discreto e reparo no sapato, com certeza muito caro. Ele, por fim, fecha a porta da sala.

A consulta começa com o psiquiatra contando que conhece a minha família, mas sem dizer de onde. Ele abre um notebook e me olha.

Sinto que talvez possa confiar nele: — Há algum tempo, não sei direito quanto, alguns meses, talvez um ano, um dos meus melhores amigos se matou. Ele se enforcou. Se eu chorar o senhor me desculpe. Era um amigo da faculdade. Estudei no interior, então os amigos acabam sendo a nossa família. Ele sempre teve problemas, mas ia levando. Então, entrou em um turbilhão. Internou-se porque não dormia, e por muitos outros motivos. Acho que esteve em duas instituições. Mas sempre ia embora. A gente tentava ajudá-lo, mas ele estava incontrolável. A vida tinha que continuar. Ele depois pediu para vir à minha casa. Ficou uns poucos dias e transtornou tudo, quebrou tudo. Eu o flagrei cortando a pele das mãos com o canivete. Fiquei muito nervoso e gritei. Ele se levantou com o canivete. Peguei uma cadeira. — Se você vier, te acerto, você não pode comigo, André. — Lembro direitinho: — Nunca vou te fazer mal, Ricardo. Ele foi embora nesse momento. Acho que no dia seguinte, ou uns dois dias depois, ele me ligou: — Ricardo, vou me internar de novo, fica de olho em tudo e me ajuda. — André, eu não aguento mais, foi isso que respondi. Então acho que se passaram mais uns dois dias e me telefonaram dizendo que ele tinha se enforcado.

Saí gritando na rua. Desde então grito muito. Comecei a ficar nervoso. Senti ódio dele. Quando me acalmei, comecei a ter saudades de tudo. Lembro das coisas e me arrependo. Também comecei a ter problemas para dormir. Resolvi viajar, mas continuei nervoso. Não consigo trabalhar direito até agora e me sinto agressivo. Então, fui para o Líbano atrás de uma história familiar que descobri ser uma tolice. Em Beirute, a insônia passou e virou uma vontade louca de dormir. Fiz uma besteira e quase me mataram. Depois disso aconteceu uma coisa impressionante e estou com muito medo de que ninguém acredite em mim. Acho que por causa desse medo não estou conseguindo dormir de novo. Fui a uma igreja enorme e linda. Como eu estava morto de sono, dormi em um banco. Mas um Senhor muito idoso, acho que um Padre, veio e, com uma delicadeza que eu nunca tinha visto, colocou-me ajoelhado. De repente aconteceu algo com o meu corpo, fiquei muito forte, e vi o André acenando de longe. Com certeza ele está no céu, percebi nesse dia em Beirute. Um dos nossos amigos, um cara muito espiritual, acho que a palavra é essa, espiritual, disse que em todas as religiões, ou praticamente em todas, os suicidas sofrem muito e na maior parte das vezes não vão para o céu. Ou precisam provar muita coisa, ele disse que é muito difícil. Nunca acreditei em paraíso, nessas coisas, mas agora descobri que, mesmo tendo se matado, se enforcado, o André parou de sofrer e foi direto para o céu. O problema é que me sinto muito sozinho e estou com medo de que as pessoas não acreditem em mim.

—— Compreendo perfeitamente o seu problema e posso ajudar —— ele me olhou com a voz mansa ——, mas vou entrar logo com medicação junto com a terapia. Quero que você volte ainda essa semana.

—— Mas qual é o meu problema?

—— Vamos por partes. Primeiro quero tratar o seu eu narcísico, que está muito ferido.

—— O meu eu o quê?

—— O seu superego está muito exposto. Tudo isso deixou suas bases psíquicas muito fragilizadas —— continuou ele com toda a segurança. —— Depois, vou tratar essa questão religiosa.

—— Que questão religiosa? Não tenho religião.

—— É muito comum que, depois de um golpe como o que você viveu, haja um acesso espiritual. Antes, preciso acalmá-lo e cuidar do seu superego.

—— Acesso espiritual?! O meu superego é a puta que o pariu, seu almofadinha de merda. A minha dor chama superego exposto, seu filho da puta? O meu grande amigo no céu é um acesso espiritual?

— Sinto muito pela situação, mas, para o tratamento dar certo, médico e paciente precisam se entender. Você tem que confiar em mim.

— Desculpe. Mas não estou tendo nenhum acesso espiritual.

— Como eu disse — continuou —, vamos primeiro reorganizar as suas bases psíquicas. Você precisa se acalmar agora. Vou passar uma receita e peço que você retorne na sexta-feira. Mas compre o remédio agora mesmo. Já pode tomar.

Na farmácia, peguei o remédio e uma loção para o rosto. Tive que preencher um formulário e deixar uma cópia do documento de identidade para poder levar a caixinha para casa. A vermelhidão do meu rosto estava diminuindo.

Comecei a ler a bula, mas depois da segunda linha não tive coragem de continuar. Lembrei-me de um dos alunos mais engraçados que tive, um colecionador de embalagens de remédio que apareceu em um dos meus cursos. Ele se divertia mostrando a coleção e perguntando o que aconteceria se tomasse cada um daqueles comprimidos.

Apesar da esquisitice, foi um dos alunos que mais aprenderam. No último encontro, já tinha parado com essa besteira e conseguia estabelecer a importância de cada um dos itens de sua coleção. O mais valioso era uma embalagem, em estado bastante razoável para a idade, de um remédio para dor nas costas do século XIX. Acho que era uma espécie de xarope francês.

Coloquei o comprimido na boca, com saudades desse aluno, mas, na hora em que fui engoli-lo, desisti. O que aconteceria comigo se eu tomasse aquele remédio? Talvez a sensação de que o mundo não para de gritar passasse. Ou meu sono se regularizaria.

Cuspi o comprimido na pia e peguei um livro para ver se conseguia dormir. A taquicardia voltou, fiquei virando na cama até de madrugada e por fim consegui uma mínima consolação: o estado de sonolência a que os insones mais sortudos chegam.

Acordei um pouco antes de amanhecer. De novo estava sentindo a necessidade de que alguém tocasse minhas costas no mesmo ponto em que o Padre idoso tinha me colocado de joelhos. Latejava.

Na internet, procurei um massagista. Achei vários e escolhi um japonês com a cara esquisita, mas que me pareceu o mais velho de todos. Quando finalmente deu nove horas, telefonei e por sorte consegui um horário ainda pela manhã.

Foi um erro. O velho tinha uma força incrível e não entendia português direito. Quando pedi para ele tocar a região inferior do meu ombro esquerdo enquanto eu tentava me curvar para ajoelhar e talvez rezar, ele moeu minhas costas.

Voltei mancando para casa e me deitei de novo. Aos poucos, comecei a sentir as costelas. O silêncio era enorme, eu não estava chorando (nem gritando) e meus ossos pareciam todos doer. Outra vez, percebi exatamente a região das minhas costas onde o Padre havia tocado. Fiquei cheio de expectativa, quase certo de que ele iria voltar. Ninguém apareceu na minha frente, porém.

Por favor, Senhor, o que está acontecendo?

No meio da noite, acordei com uma certeza: se aquela senhora que eu tinha visto na clínica do André tocasse minhas costas, alguma coisa mudaria. Viajei ansioso. Quando entrei, sempre com uma facilidade incrível para atravessar o portão, tive um pressentimento ruim ao ver o banco vazio embaixo da árvore.

Duas enfermeiras passaram em silêncio por mim e percebi a tristeza com que andavam. Essas moças amam profundamente os internos. Fui atrás delas. Cruzamos dois corredores, saímos em um pátio menor e, como eu previa, demos na frente de uma capela.

O corpo da avó, vestida de branco e com uma expressão muito pacífica no rosto, estava na frente do púlpito. Um padre, ainda jovem, falava algo. Parei em um canto e percorri com os olhos os bancos. No primeiro, bem atrás do corpo, a neta chorava apoiada no ombro do noivo. Eles estavam com as mãos muito presas, com a força daquela certeza de que agora os dois não vão se separar mais. O pai também chorava, um pouco mais discreto, e a esposa parecia desolada.

No banco de trás, as duas enfermeiras se sentaram ao lado de um médico. Vi o senhor que cuidava do portão e, como se quisessem se esconder no banco mais afastado do púlpito, identifiquei alguns internos. Os malucos estavam consternados com toda aquela dor.

Não sei se entendiam. As pessoas que não conseguem parar de puxar os cabelos, aqueles que ferem os próprios braços com um canivete, essa gente que um dia ninguém suporta mais, os que se isolaram, os doidos que não param de falar sozinhos, que deixaram de compreender, aqueles que não sabem mais nada estavam como eu: ali naquela capela feia olhando a garota que tinha acabado de perder a avó e acha que essa dor tão profunda nunca vai passar. Como todos nós um dia e eles a vida inteira.

O padre, antes de encerrar, perguntou se alguém gostaria de falar alguma coisa. De início, achei que não fosse o caso, mas um rapaz levantou a mão e quis lembrar o quanto o André era engraçado.

— O André era muito divertido.

Depois todo mundo percebeu que aquilo, além de fazer bem para o André, traria algum conforto para nós. A missa de corpo presente de um rapaz tão jovem é triste demais.

— O André era muito bonito.

— O André era um ótimo amigo.

— O André era muito educado.

— O André não tinha inveja de ninguém.

— O André era puro.

— O André era um cavaleiro templário.

Quase todos chorávamos. Alguns se abraçavam. Se Deus não estiver na missa de corpo presente de uma pessoa tão nova, com os amigos todos ainda imaturos, Ele não existe.

— O André nunca falava não.

— O André gostava de me ver rindo.

— O André era muito generoso.

O padre falou mais alguma coisa, anunciou a alma do André entrando no Paraíso e alguns de nós fomos levar o caixão até o carro. Sinto o peso até hoje. Minhas pernas estavam moles, mas forcei como nunca os músculos do braço. Íamos todos, inclusive o padre, para o cemitério enterrar nosso grande, engraçado, lindo, gentil, generoso e educado amigo. Com certeza era o desejo dele: um enterro segundo a própria religião. No cemitério, o padre rezou de novo.

Obrigado, Senhor.

Pedi desculpas ao psiquiatra por ter faltado ao retorno.

— É que eu precisava ver uma pessoa em outra cidade.

— Para dar certo, você precisa colaborar com o tratamento.

— Estou tentando. Tomei os remédios. Mas quero dizer que na outra consulta não falamos dos meus problemas de verdade. Não tem nada de superego.

— Quais são os seus problemas de verdade?

— Já faz algum tempo, tenho a impressão de que o mundo inteiro está gritando. Além disso, sinto saudades de tudo.

— Então, Ricardo, é a mesma coisa.

— Não é a mesma coisa: não tenho problemas religiosos.

— Eu não disse isso.

— A sua frieza me incomoda. Estou sentindo uma dor muito grande, o mundo está gritando, sinto saudades de tudo e você me diz que é a mesma coisa.

— Aos poucos, vamos diminuir a sua dor. Ela vai passar. Você vai começar a pensar que foi com outra pessoa. E vai ver que ela não foi tão grande assim.

— Você não tem o direito de medir a minha dor! Vai tomar no cu, seu filho da puta, psiquiatra de merda.

— Não é o mundo que grita, Ricardo, é você.

De novo, não consegui tomar o remédio. Fiquei contemplando o comprimido. Enchi o copo de água duas vezes, mas não engoli. Cuspi na pia.

Resolvi andar um pouco. Antes de sair, prometi para mim mesmo que não gritaria na rua. A frase do psiquiatra paspalho não me saía da cabeça: não é o mundo que grita, sou eu.

Na rua, lembrei-me de Beirute e o frio na barriga me fez olhar para os lados. Estou em São Paulo, estou em São Paulo, repeti baixinho duas vezes.

Senti uma enorme vontade de ficar em silêncio. Encostei em um poste de luz, concentrei-me para controlar a taquicardia e deixar a respiração lenta, puxei bem fundo o ar duas ou três vezes e notei que meu corpo estava muito calmo.

De repente, como tinha acontecido na igreja do Líbano, de novo fiquei muito forte. Assumi o tamanho do poste, ou talvez até mesmo da metade da rua. Tive a sensação de que o Padre idoso voltaria. Depois Dele, eu iria rever o André.

Mas meu coração disparou com a ansiedade, e o silêncio desapareceu. Senti de novo o imenso barulho da cidade grande, aquele monte de carros, as buzinas, as pessoas na rua, todo mundo falando tão alto, o mundo inteiro gritando e a impressão de que o nervosismo nunca mais vai deixar o meu corpo. Aquele Senhor não vai tocar as minhas costas outra vez.

Diminuí na mesma hora.

Voltei para casa chorando. Se tivesse parado no banco de alguma praça talvez duas senhoras me acolhessem. Quando uma delas tocasse minhas costas, alguma coisa iria mudar. Mas não pensei nisso e resolvi me concentrar no trabalho.

Eu tinha acabado de ser convidado para organizar um curso para colecionadores iniciantes. Também por isso precisava me acalmar.

"Primeiros passos de um colecionador" começaria em vinte dias e, segundo o clube que estava promovendo o curso, já tínhamos dez inscritos. Depois de pensar e apanhar muito para organizar a primeira aula, resolvi tomar uma decisão que já vinha acalentando: vou falar dos primeiros passos da minha própria coleção.

Peguei alguns apontamentos antigos e retomei a ideia do caos financeiro no Brasil entre os anos de 1980 e a metade da década seguinte. Acho que tivemos no mínimo cinco moedas diferentes.

Está definido o meu objeto: vou colecionar selos lançados no Brasil no período compreendido entre esses quinze anos. Com eles, a bagunça que foi a economia naquele período ficaria bem-representada. Como são muitos, agora no início preciso diminuir um pouco o alcance. Vou atrás primeiro daqueles que representem algum aspecto da cultura popular. Assim posso pensar em como a população vivia com tanta insegurança monetária. A longo prazo, quem sabe eu forme uma coleção de notas. Mas apenas quando a de selos estiver completa: não se deve começar uma coleção sem antes completar outra.

Telefonei para duas lojas especializadas em filatelia e marquei uma visita para o dia seguinte. Eu tinha estruturado uma coleção e, ao mesmo tempo, organizado a primeira aula. Terminei a tarde um pouco mais realizado, embora o desejo de que um idoso tocasse minhas costas não tivesse passado.

Fui a uma loja especializada em selos para colecionadores e comprei algumas séries do ano de 1986, quando o Brasil trocou de moeda e viveu uma de suas mais patéticas tentativas de ajuste financeiro: o Plano Cruzado. Escolhi também um belo álbum, duas pinças e algum outro material. O bom colecionador deve se cercar de todo tipo de apoio para a sua coleção.

Na rua, lembrei que estava a duas quadras de uma das maiores igrejas católicas de São Paulo, acho que até mesmo do Brasil. A necessidade de que uma pessoa idosa tocasse minhas costas não tinha passado e, com alguma esperança, resolvi caminhar até lá.

O ambiente era escuro e não parecia tão acolhedor como a igreja libanesa. Ainda assim algumas pessoas rezavam. Tenho certeza de que havia um desespero discreto em um rapaz sentando no mesmo banco que eu, na outra ponta. Pelo canto dos olhos, vi que ele lacrimejava.

Ouvi um ruído de conversa e, em uma lateral, enxerguei dois padres. Não eram exatamente idosos, mas pedi para conversar com um deles.

— Você quer se confessar?

Expliquei que não. Eu gostaria de discutir algumas questões religiosas que estão me incomodando. Sentamos em uma mesa, ele me ofereceu água e, com o rosto enrugado demais para a tranquilidade que um padre deve ter, ouviu-me falar do André, da igreja no Líbano, do Padre idoso, das minhas costas e da força impressionante que tomou conta de mim por duas vezes, uma delas ontem mesmo.

— O que eu quero dizer — concluí — é que as religiões estão erradas quanto ao destino dos suicidas.

— Rapaz, talvez você esteja dominado pelo mal.

Certo, agora além de tudo o demônio tomou conta de mim. E esse papa, esse papa aí não foi nazista, não? Todo mundo sabe, seu filho da puta, todo mundo sabe que vocês são pedófilos. Certo, sou o demo, mas vocês são pedófilos. E você, e você, seu filho da puta, você também é pedófilo? Fala para mim, você também come criancinha? Tem criancinha aí dentro? Pode me falar. Vocês não entendem nada, seus filhos da puta, vocês são pedófilos e o papa foi nazista. Todo mundo sabe: pedófilos e nazistas. Vocês não entendem nada de céu, nada de paraíso, vocês só sabem de pedófilos e nazistas. Vou entrar aqui. Vou entrar aí e achar um monte de criancinha na mão de vocês. Então eu sou o demônio? O mundo só grita, o mundo não para de berrar e eu estou tomado pelo demônio! Sou o diabo? Mas quem é pedófilo mesmo? Quem abusa de criança mesmo? Vocês não entendem nada. Vocês não entendem nada do paraíso nem das pessoas velhas. Vocês não compreendem os velhos, vocês só colocam as mãos nas costas das criancinhas, vocês não entendem nada de Deus, você é que é o demo, você é que é o demo, seu pedófilo filho da puta.

Antes de sair, cuspi na cara do padre pedófilo filho da puta.

Fiz o trajeto da igreja ao psiquiatra sem chorar. Na sala de espera, avisei que não tinha horário marcado, mas que precisava ser atendido naquele momento mesmo. A secretária respondeu que iria perguntar ao doutor, mas invadi a sala antes que ela tentasse qualquer coisa. Ele estava terminando uma consulta.

— Olha, agora há pouco — fui logo falando —, um padre me disse que estou possuído pelo demônio e eu cuspi na cara dele.

O médico me olhou espantado, franziu a sobrancelha e, para minha surpresa, caiu na gargalhada. Fazia tempo que alguém não ria daquele jeito na minha frente e aquilo me trouxe algum alívio. Acabei rindo também.

— Você cuspiu na cara de um padre? — ele quis confirmar, ainda rindo.

— Cuspi e chamei de pedófilo filho da puta.

Minha resposta deu novo fôlego à gargalhada do médico que, àquela altura, já estava dando para ser ouvida na sala de espera.

Depois que parou de rir, o médico retomou a expressão esterilizada do rosto e me olhou.

— Ricardo, sei que você não está tomando o remédio.

Dormi um pouco melhor e, na manhã seguinte, consegui preparar a segunda aula. Depois dos critérios para iniciar uma coleção, é preciso fazer um plano de desenvolvimento. O exemplo era a minha própria coleção: mostrei que pretendo aprimorá-la por etapas, estudando um choque econômico por vez.

Vou conversar até sobre orçamentos. O importante é que cada coleção seja bem planejada. O colecionador deve, ainda, fazer um plano de estudos e, se tiver ânimo, acumular objetos paralelos para se aprofundar. Estou pensando em adquirir algumas cédulas do mesmo período que os selos, por exemplo.

Tudo com ordem: é importante perceber que uma coleção não é um ajuntamento. Vou terminar a segunda aula assim.

O trabalho fez muito bem para mim e resolvi andar um pouco. A ideia foi péssima.

Entrei em um centro espírita. Como havia algumas pessoas reunidas, pedi licença e, ao contrário das outras vezes, apenas perguntei o que elas acreditam que acontece com os suicidas. Não tenho coragem de repetir o que ouvi. Nem sei se conseguiria lembrar direito. O sofrimento é horrível, a condenação muito longa, envolvendo inclusive uma nova encarnação com problemas multiplicados. A pessoa terá que se mostrar muito forte. O tal umbral me aterrorizou.

Quando um sujeito disse que os suicidas são frouxos, meti a mão nele.

Acordei no hospital. Não sei quantos espíritas me surraram. Pelo tamanho do estrago, não foram poucos. Notei que minha mãe e minha irmã estavam sentadas perto da cama e por isso resolvi fingir que continuava dormindo. Havia uma bolsa de soro no meu braço esquerdo. O direito estava imobilizado.

Meu rosto estava ferido. Como a queimadura ainda não cicatrizara completamente, eu devia estar com a cara medonha. Algumas regiões da minha perna esquerda latejavam. A outra parecia sem problemas.

Ouvi algum barulho na porta, e meu coração disparou quando percebi que o médico que tinha vindo me atender era bastante idoso. Atrás dele, uma enfermeira carregava alguma coisa. Abri os olhos e notei o quanto era delicada.

Minha irmã, professora de medicina e médica há bastante tempo, levantou na mesma hora e falou alguma coisa com o colega mais velho.

Como eu tinha aberto os olhos e tentado virar o corpo na direção dos dois, minha mãe correu para o lado da cama e falou alguma coisa.

Não entendi muito bem. Demorei um pouco para clarear a vista. Minha irmã continuava falando baixinho e a enfermeira organizava alguma coisa em uma mesa. Comecei a temer que estivessem preparando uma cirurgia. No entanto, o suor que minha mãe viu escorrendo pela minha testa era por outro motivo: o Médico idoso parecia Aquele Padre libanês.

Quando minha mãe e minha irmã finalmente saíram, virei o corpo na direção do Médico e confirmei: os Dois eram muito parecidos. Com a vista escura, forçando a voz, perguntei se Ele tinha parentes em Beirute.

— Aparento tanto assim? Sou libanês.

Respirei fundo para não perder o fôlego e quis saber se Ele tinha algum irmão Padre no Líbano. A enfermeira, com as mãos muito delicadas, começou a preparar os curativos. Senti algum prazer.

— Não, meu único irmão morreu na Síria há uns vinte anos. Nunca fomos religiosos, muito menos católicos.

Ele respondeu se aproximando de mim. Enquanto olhava os ferimentos no meu rosto e depois no peito, não tive dúvidas de que era o Próprio. De repente, meu corpo se acalmou. A enfermeira começou a limpar as feridas e outra vez me senti do tamanho do quarto. Acho que ela percebeu que eu estava ficando forte e maior e riu. Algumas mulheres acham divertido.

O Médico olhou-me com a determinação dos que já passaram dos oitenta anos mas ainda estão ali:

— Você está muito angustiado.

Uma espécie de felicidade eufórica me invadiu e fiquei com medo de diminuir de novo. Das pernas, a enfermeira passou a cuidar do meu peito. Acho que meus mamilos se excitaram fora de hora. Ela sorriu. Perguntei se o Médico sabia o que tinha me acontecido.

Antes de responder, Ele começou a suturar um corte na minha perna esquerda. A enfermeira continuava me tocando. Fiquei com vontade de saber como era a voz dela, mas logo ouvi a do Médico:

— A gente desconfia pelos ferimentos.

O Médico devia ter anestesiado o local da sutura, mas eu sentia intensamente a agulha na minha pele. Não doía. Talvez fosse um aviso de que eu estava vivo e, mais ainda, consciente. Comecei a me sentir maior que o quarto, quase do tamanho do corredor. Assustado com a ideia, pensei em dar um jeito de descobrir se isso deixava a enfermeira interessada, mas de novo ouvi a voz do Médico:

— A sua angústia vai diminuir quando você acalmar o seu corpo.

Pelo jeito, Ele tinha terminado de suturar o primeiro corte. Quantos seriam? Resolvi não perder tempo com uma pergunta dessas e comentei que, com aquela idade, Ele com certeza sabia rezar.

— Claro que sei. Vou te ensinar: feche os olhos, afaste a ansiedade e acalme o corpo.

Perguntei então o que devia falar depois disso.

— Nada. É só fechar os olhos, controlar a ansiedade e acalmar o corpo.

Esse é o jeito correto de rezar, garantiu-me. Perguntei como devo fazer para controlar a ansiedade e Ele apenas respondeu que é possível. Tentei e, para minha surpresa, meu corpo continuou muito forte. Acho que consegui rezar. Depois de passar uns dois minutos sem nenhuma ansiedade, perguntei-Lhe por que Deus quer que a gente reze assim.

— Porque Ele é muito velho.

O médico passou a suturar outro corte na mesma perna. Acho que eu estava muito ferido. A enfermeira enxugou com uma compressa úmida o suor na minha testa. Senti a delicadeza com que ela me tratava. Perguntei para o Médico se acaso eu acalmasse meu corpo o mundo pararia de gritar comigo.

— Claro que sim. As pessoas gritam com você porque estão ansiosas e porque percebem que você está ansioso.

Nesse momento, notei que a enfermeira massageava minha virilha. Mas eu precisava ficar com o corpo calmo, repeti com medo da ansiedade.

— Reza de novo — o Médico pediu.

Eu estava inteiramente controlado. Senti uma impressionante sensação de silêncio quando a garota começou a massagear, com muita leveza, minhas pernas. Afastei o medo de que o Médico percebesse: Ele estava concluindo, concentrado, a segunda sutura. Depois, sem falar nada, foi lavar as mãos e começou a preparar um novo conjunto de instrumentos. Meu corpo estava calmo e agradeci a Deus: nada mais me deixaria ansioso.

Quando o Médico voltou, perguntei se Ele poderia massagear minhas costas, principalmente o local onde o Padre libanês havia me colocado de joelhos.

— Algumas pessoas se ajoelham para rezar, mas, se o seu corpo estiver calmo e sem ansiedade, não precisa.

E sobre as minhas costas?, insisti.

— Já melhoraram.

Enquanto o Médico limpava um curativo no meu pescoço e se preparava para suturar outro corte, agora no braço, a enfermeira passou a massagear, sempre muito delicada, meus pés. Apesar da enorme excitação, senti o quarto em paz. Ninguém estava ansioso. O prazer é calmo.

A força que eu sentia começou a se transformar em uma inédita sensação de ajuste: é como se o Médico e a enfermeira estivessem tentando mostrar qual o meu tamanho de verdade. Você é desse jeito.

E Deus é muito velho.

Por isso a gente precisa ir devagar?, perguntei. Ele não respondeu. Fechei os olhos para o Médico cuidar melhor dos ferimentos no meu rosto. A enfermeira continuava massageando meus pés. Ela tinha repousado a mão esquerda na minha perna, um pouco acima de uma das suturas. Com a outra mão, segurava meus dedos. Fiquei comovido.

O silêncio continuava enorme. Tive uma estranha desconfiança e perguntei: — Será que os espíritas me mataram?

— Entáo é isso: a gente descobre o nosso tamanho só quando morre. Posso falar com o André?

Ouvi um barulho na porta e percebi que a enfermeira tinha saído. O Médico se aproximou com algum outro tipo de material e começou a limpar os ferimentos no meu pescoço.

— Não, aqui não é o céu. Estamos em um hospital. Você levou uma bela surra de uns espíritas que falaram bobagem sobre suicídio e agora estamos cuidando de você.

— É uma pena — comentei com o Médico —; se aqui fosse o céu, eu poderia conversar com o meu amigo André.

— É verdade. — Ao ouvir a resposta, fiquei feliz. O Médico percebeu que eu estava sentindo algo muito intenso e colocou as mãos idosas no meu rosto.

— O André está mesmo no céu?

— Claro.

Perguntei para o Médico se ele tinha ido direto, sem sofrer mais.

— Seu amigo foi direto para o céu, sem nenhum sofrimento.

Meu corpo então finalmente se acomodou ao meu tamanho. Se o meu lugar for a cama de um hospital, espancado e quase mudo de felicidade, cheio de curativos, eu me conformo.

A enfermeira voltou, olhou-me e percebeu imediatamente o que estava acontecendo. Tentei me erguer para abraçá-la, mas ela acomodou de volta meu corpo mais ou menos grande e mais ou menos forte à cama.

— Fica quietinho, querido.

A enfermeira me chamou de querido.

Os dois me deixaram sozinho. Acomodei-me na cama e tentei, com o pescoço um pouquinho curvado, explorar o quarto. Alguns instrumentos ainda estavam sobre a pia, à minha direita. Não localizei o soro. Havia uma televisão. A porta do corredor ficava ao lado da pia. Perto, outra saída só poderia dar no banheiro. A janela ficava à esquerda. Estava fechada, mas pelas frestas percebi que o dia já tinha caído.

O quarto havia sido deixado na penumbra. Pela primeira vez em bastante tempo, senti que estava em um ambiente acolhedor. Procurei localizar onde meu corpo tinha sido ferido. Não foi difícil: em quase todo lugar. Dei um pouco de risada.

Ouvi barulho no corredor e fiz algum esforço para me concentrar. Não senti medo de que o mundo voltasse a gritar. Ao contrário, as vozes que eu mal distinguia estavam me fazendo bem. Um avião deve ter passado. Depois, não sei se o que ouvi foi uma sirene ou uma buzina. Preciso voltar a pensar no meu curso para colecionadores iniciantes.

O trinco da porta fez um barulho. Minha mãe e minha irmã entraram, acompanhadas pela mesma enfermeira. Como estava sonolento, resolvi fechar os olhos e descansar um pouco. Notei que minha mãe tinha se aproximado de mim, mas estava com receio de tocar meu rosto. Minha irmã, misturando na voz um tom profissional com o carinho que nunca escondeu por mim, perguntou algo e a enfermeira respondeu, sem ocultar o interesse:

— Ele vai descansar um pouco e depois o médico deve dar alta. Mas tem que voltar para refazer os curativos e trocar os pontos. Eu mesma vou cuidar disso, pode deixar.

Boa noite.

Obrigado pela presença de vocês. Peço desculpas pela minha aparência estranha, mas sofri um acidente e alguns ferimentos ainda não cicatrizaram. Nos oito encontros, vou tentar apresentar os princípios de uma coleção, mostrar exemplos e ajudá-los a criar um método.

Ao contrário dos meus outros cursos, dessa vez vou usar um caso inteiramente pessoal: como vocês, também estou começando uma coleção. A minha será composta por selos brasileiros emitidos entre 1980 e 1995, período em que o país viveu uma crise financeira gravíssima e viu a moeda mudar várias vezes.

Aqui então a minha primeira dica: para começar, tenham em mente ao menos um esboço do que vocês desejam. Não façam planos mirabolantes e muito menos imponham a si mesmos uma missão complicada demais. Uma coleção precisa ir por etapas. Quando completar os selos, quero partir para as cédulas, mas não vou pensar nisso agora.

Façam uma lista de tudo o que vocês precisarão para abrigar bem a coleção. Além disso, estudem a fundo o seu objeto. Vocês precisarão reunir o máximo de informação sobre ele.

Uma coleção é como um amigo: é preciso saber tudo. Quem tem uma grande amizade sabe que, mesmo que estejamos longe dela, uma lembrança sempre retorna. Em uma viagem de trabalho, você deve estar preparado para, sem planejar, encontrar algo que interesse para a sua coleção. É como oferecer um presente a esse grande amigo.

Aqui está, André.

1ª EDIÇÃO [2012] 4 reimpressões

ESTA OBRA FOI COMPOSTA PELA ABREU'S SYSTEM EM ADOBE GARAMOND
E IMPRESSA EM OFSETE PELA GEOGRÁFICA SOBRE PAPEL
PÓLEN SOFT DA SUZANO PAPEL E CELULOSE PARA A
EDITORA SCHWARCZ EM DEZEMBRO DE 2016

A marca FSC® é a garantia de que a madeira utilizada na fabricação do papel deste livro provém de florestas que foram gerenciadas de maneira ambientalmente correta, socialmente justa e economicamente viável, além de outras fontes de origem controlada.